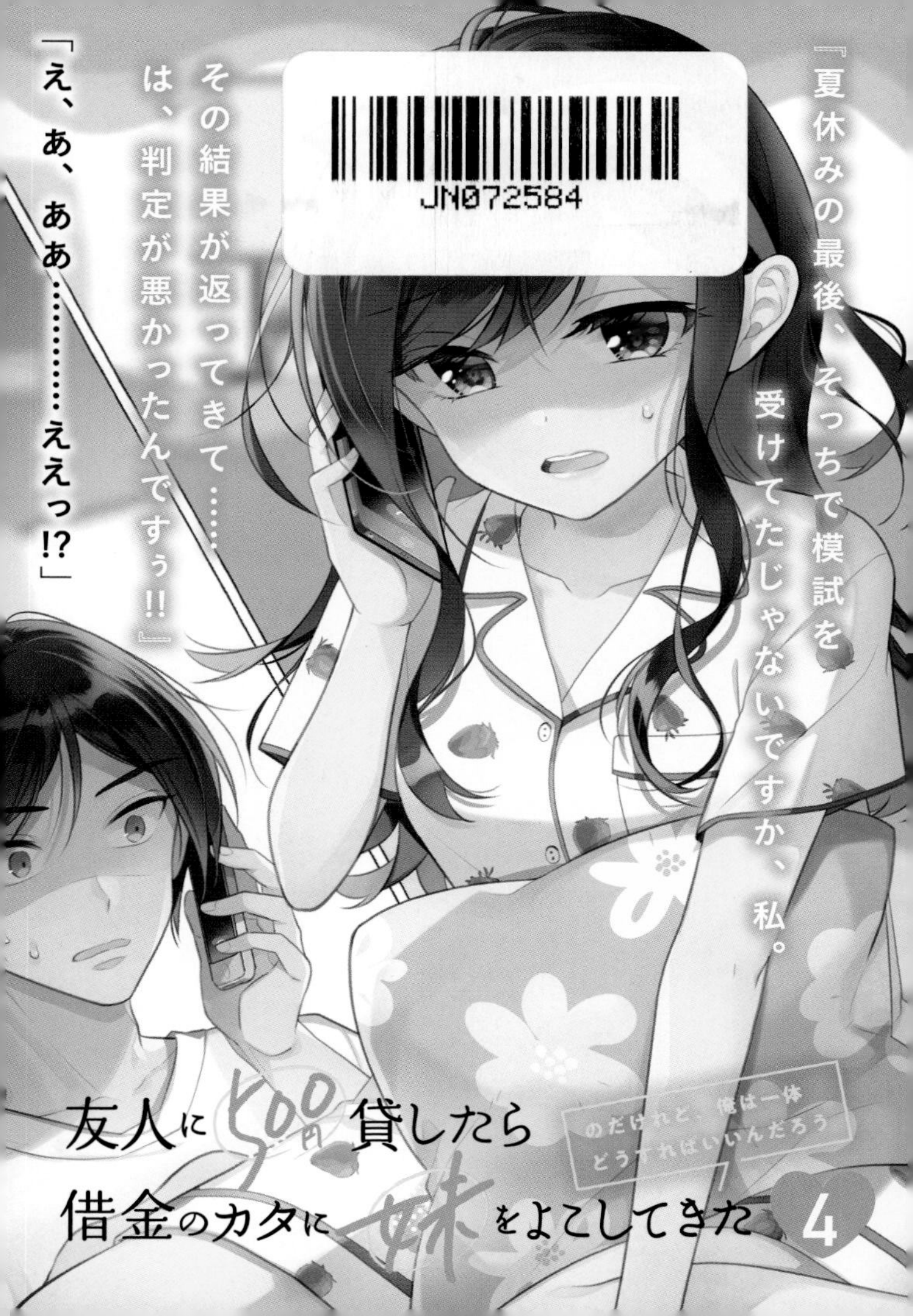
JN072584
『夏休みの最後、そっちで模試を
受けてたじゃないですか、私。
その結果が返ってきて……
は、判定が悪かったんですぅ!!』
「え、あ、ああ……ええっ!?」
友人に500円貸したら
借金のカタに妹をよこしてきた
のだけれど、俺は一体
どうすればいいんだろう
4

『無視するにゃーご主人さまー』

「お前、何がしたいんだよ」
『特に意味はないんだにゃー』
『私、りっちゃんが猫のモノマネして誰かに甘えるなんて
見たことないよ。キャラと全然違うし』

「な、なんだ、その格好……!?」
「ん――、ネコオオカミ娘的な？」

友人に500円貸したら借金のカタに妹をよこしてきたのだけれど、俺は一体どうすればいいんだろう4

としぞう

I lent 500 yen to a friend,
his sister came to my house
instead of borrowing,
what should I do?

イラスト　雪子

CONTENTS

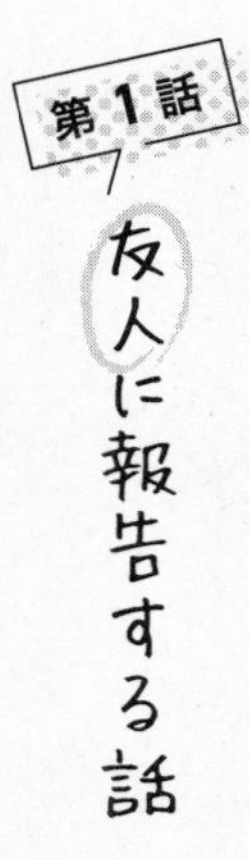

「よっ、求(もとむ)。もう八月も終わりだってのに、相変わらずあっちーよなぁ」

彼、宮前昴(みやまえすばる)は出会って開口一番、そんなうんざりした声を漏(も)らした。

天気予報によれば、今日も最高気温は三十度を超すらしい。

九月になってもしばらくは残暑が続くんだろうなぁ、と思いながらも、正直なところどこかもう涼しげな、熱が去ってしまったような感覚も覚えていた。

それはきっと、この夏、ずっと隣にいてくれた彼女が、もういないからなんだろう。

「あ〜、生き返る〜」

「……」

そんな彼女と血のつながりを感じさせない兄は、本屋に入ってくるなり、さっそく冷房の吹き出し口の下に陣取って、間抜(まぬ)けな顔で気持ち良さげに伸びしていた。

「ん？　求も浴(あ)びたいか、冷気」

「いや、俺は別に。ていうか風邪(かぜ)ひくぞ」

「ははは、こんなんで風邪引くほど柔な鍛え方しちゃいねぇぜ——ハアックション!!」

言ってる傍から盛大なくしゃみをかます昴。

なんというか、しっかりお約束を守る男だ。

「って、なんだその目は！　違うからな、これはちょっと……なんかホコリ的な何かが偶々鼻に入ったみたいなアレっていうか」

「何の言い訳だよ」

「つーか、そもそも本屋集合なんて珍しいよな。俺的には、その小脇に抱えてる購入済みの袋が気になるわけですが？」

「これは……べ、別に大したもんじゃないから」

「お前、それ明らかに何かを隠してる誤魔化し方だぞ」

そう呆れたような目を向けてくる昴。

自分でも苦しい逃げ方だと思ったけれど、わざわざ指摘されると余計恥ずかしくなる。

「とにかく、場所を変えよう。そこのカフェとかでいいだろ」

「なんだよ、そんなに知られたくないものなのか？　余計気になるな～」

「だからそんなんじゃないって。店にも迷惑だし、さっさと行くぞ」

「おう、急かすなって！」

俺は昴の追及から逃れるように、雑に腕を引っ張りつつ本屋を出た。

呼び出したのはこちらだけど、つい雑な扱(あつか)いをしてしまうのは、出会ってからの積み重ねのせいかもしれない。

それこそ呼び出した理由的に、待っている間はすごく緊張してたっていうのに……相変わらずこいつと一緒にいるとペースに呑(の)まれる。良い意味でも、悪い意味でも。

本屋から出て、すぐ近くのカフェに入る。

俺がドリンクを買っている間に角の席を陣取っていた昴が、「どうしてもどうしてもどうしても‼」と騒(さわ)ぐので、仕方なく紙袋を渡した。

「へぇ、『金魚の飼い方』ねぇ……」

「だから言っただろ、大したもんじゃないって」

「いーや、俺はこれには何か深い意味があると見た」

にやっとこちらをおちょくるような笑みを浮かべる昴。

そして、本と俺との間で視線を彷徨(さまよ)わせ、時折眉間(みけん)に皺(しわ)を寄せ何かを考え込んでいる。

(こういうとき、碌(ろく)なこと言わないんだよなぁ……)

「分かった！」

「何が」

「ズバリ、朱莉絡みだろ？」

「ぶっ⁉　げほ、ごほっ⁉」

完全に油断してた！

ちょうど口をつけて飲み込もうとしていたカフェオレが、驚きと共に気管に侵入し――盛大にむせてしまう。

「ははは！　ベタな反応するなぁ！」

「うっせ……」

口を押さえながら、呼吸を整える。

にしたって、昴のことだからもっと意味不明なことを言ってくると思ったのに……俺、そんなに分かりやすいのかな。

「つーか、ここ最近でお前が何か特別な行動取るってんなら、朱莉絡みって考えるのが当たり前じゃねえか」

「それは、まぁそうか……」

「今日だってわざわざ呼び出したのは朱莉の話だろ？」

ニヤニヤと、見透かすように言ってくる昴。

なんだかむかつく……当たってるのが余計に。

「さあさあそれじゃあ聞かせてもらおうじゃないの！　お兄さんに話してみんさいっ！」

「お前、絶妙に言う気削いでくるよな……」

「はっはっはっ！」

見事な高笑いと共に、冗談をアピールする昴。

「でも、肩の力は抜けたんじゃねぇか？　お前会った時ずいぶん怖い顔してたしさ。何抱えてんのかは知らねえが、ちっとは話しやすくなっただろ」

「お前……」

打って変わって、どことなく大人びた雰囲気を見せる昴。

余計にそう感じさせるのは、彼が彼女持ちの先輩であり、もしかしたら、未来の――って、今の時点でそれはちょっと先走りすぎだけど！

とにかく……彼の言う通り、今のやりとりで気持ちが幾分か落ち着いたのも事実だ。

それには素直に感謝しないとな。

「昴。俺、お前に言わないといけないことがあって」

「おう」

「その……」

緊張で喉がへばりつく感じ。

けれど、さっきよりもずっとマシだった。

俺は深く息を吐き——真っ直ぐ昴を見つめ、言った。

「俺、朱莉ちゃんと付き合うことになった」

殴られる覚悟はあった。

昴が朱莉ちゃんを大切に思っていることは知っている。

彼の自他共に認めるシスコンっぷりは、高校で出会って以来一度もブレたことはない。

親友と呼んでくれる俺にだって、過度な接触は避けるようにと何度も忠告してきていたほどだ。

（でも、そんな昴が、５００円の借金のカタとか言って、朱莉ちゃんを俺のところに送り込んできて……）

その結果、俺は朱莉ちゃんを知り、好きになって……付き合うことになって。

彼の行動がきっかけとはいえ、結果的に俺は預かっていた愛妹に手を出したってことになる。

だから、殴られても仕方ない。いや、それですめばいい方だ。

「……そうか」

昴は溜息と同時に、一言吐き出す。

そして——

「いやぁ～、とうとう求にも彼女ができたか～！　いや、やっとって言うべきか？」

「え……？」

思わぬ砕けた言葉に、俺は一瞬どころか何度も耳を疑った。

俺、ちゃんと言ったよな。ちゃんと伝わってるよな……？

「で？　どっちから告白したんだよ？　まさか朱莉の方からか？　いやぁでも、あいつも中々に奥手だからなぁ。海行ったときの感じとか見てると、ギリギリになって逃げ出しそうとか……考えすぎか？」

意外と当たってる。……じゃなくて！

「いや、昴、お前……」

「で？　どっちだよ。いいだろ、それくらい！」

「……俺、だけど」

「そっか。男見せたってことだな！」

昴は嬉しそうに笑う。

でも、なぜ？

思いもしなかった反応に、俺はただ戸惑うしかない。

「んだよ、その顔。親友に初彼女ができたんだ。喜ぶに決まってんだろ！　……まぁ、俺に彼女がいなかったら、嫉妬でぶん殴ってたかもだけどな！　はっはっはっ！」

「相手がお前の妹でもか……？」

「そりゃあ兄貴としては寂しさはあるぜ？　ああ、昔は俺が一緒じゃないってだけでベソ掻いてたあいつも、もう大人になったんだなってさ」

　そう語る昴の目は、言葉通り寂し気で、でも温かさもあって……なんていうか兄貴って感じだった。

　でも、俺の視線に気が付くと、すぐに普段の彼に戻る。

「まぁ、どこぞの馬の骨なんかより、相手がお前なら安心ってもんよ。お前は良い奴だし、何よりドが付くほどのスーパーウルトラヘタレ野郎だからな！」

「へ、ヘタレって」

「否定はさせねぇぞ？　もしも自覚がないってんなら……重症だな、こりゃ。まぁ、朱莉には自分から告白したってんだから、その点だけは見直してやるぜ」

　ぐっと親指を立てる昴。

　けれど、褒められている感じがしない。

「ああでも、朱莉と付き合えたからって調子に乗るんじゃねぇぞ？　俺の目が黒い内は、絶対清い交際を心掛けること！　もしも傷物にして捨てるとか、泣かせるとか、外道な真似してみろ？　親友だなんだって関係ねぇ。いや、むしろ親友だからこそ、俺がお前に天誅を下すっ！　前科持ちになっても責任取らすからなコノヤロウ！」

「そんなことしないから！　ていうか俺、そういうことする奴に見えてるのかよ⁉」

「いや、見えない。けれど、そういうことしなそうなのが逆に怪しいってこともあるだろ。普段大人しい人ほど怒らせると怖い、みたいな」

「まぁ、確かにそういうパターンもあるけど……いや、しない。誓ってしない」

「ちなみに朱莉は怒らせると怖いタイプだからな。気をつけろ」

「……気をつけます」

どことなく実感の詰まった忠告に、俺はただただ頷くしかなかった。

しかし、やはり昴に怒る気はないらしい。

むしろどことなくご機嫌というか、テンション高めというか。

冗談でも虚勢でもなく、朱莉ちゃんの幸せを喜んでいるっていうなら、忠告の大げささはともかく、俺も年上なんだし責任ある行動を心掛けないとな。

「つーか、求はやっぱり求だからな。ヘタレだし心配しちゃいないけど……って、なんだよ！　お前もっと心配させろよ⁉　うちの朱莉がそんなに魅力ないってかアァン⁉」

「何にいきなりキレてるんだよっ⁉」

そして昴は高ぶった気持ちを抑えるようにカフェオレをがぶ飲みした。

情緒不安定にもほどがある……！

（いや、でも、少なくとも朱莉ちゃんの受験が終わるまで遠距離恋愛になるわけだし、すぐにどうこうって話でもないよな）

朱莉ちゃんは現在受験生。

夏休みが過ぎた今、年明けの入試まで試験勉強にしっかり追い込みをかけていかなきゃいけない状況だ。

付き合えたのは嬉しい。でも、それで浮かれて朱莉ちゃんの足を引っ張るなんてことは絶対ないようにしないと――

「よっしゃあ！　それじゃあ彼女持ちの先輩である俺から、新米であるお前にありがた～い指南をしてやろう！」

「へ？」

さっきまでとはガラッと変わって、昴は明るい口調でそんなことを言い出した。

「いいか？　今の求は、謂わば料理経験ゼロで新メニュー開発チームのリーダーにさせられたような状況だ」

「たとえが絶妙に分かりづらい……」

「俺も最初は色々苦労したぜ……ほら、呼び方とかさ。あと一緒に歩いてるとき、いきなり手を繋いでいいのか、それとも繋いでいいか許可を取るべきか、とか！」

しっかり実感を込めて、昴が熱弁する。

手を繋ぐどうこうはともかく……呼び方か。それはちょっと気になる。

俺の方からはちゃん付け、朱莉ちゃんからは先輩呼びがすっかり定着しているけれど、そこから変わったりするんだろうか。

「じゃあ聞くけど、お前は長谷部さんとなんて呼び合ってるんだよ」

長谷部菜々美。大学でできた昴の彼女で、俺にとっても友人だ。

ただ、共通の知り合いである分、あまり生々しい話は聞きたくないのだけど――

「そりゃあ当然、ハニー、ダーリン呼びよ」

「…………」

昴にマジレスを求めるのは間違っていると、俺は改めて理解した。

「お前はともかく、長谷部さんはそんなタイプに見えないけどな」

「ははは、そりゃあお前が恋愛初心者だからさ。いいか、恋は人を変えるんだ。菜々美ちゃんも二人っきりの時はなぁ……」

ああ、また惚気話が始まる。

昴の場合、『恋は人を変える』より、『恋は盲目』って言葉の方が似合いそうだ。

思えば、昴が長谷部さんと付き合い始めてから、いちいち何かあるたびに惚気話を聞かされてきたよなぁ。

今日はどれくらい電話したとか、一緒に学食行ったとか、講義中目が合ったとか……正直、「だからどうした」って言いたくなるような些細な内容がほとんどで、正直今まではうんざりというか、面倒くさいとさえ思ってたんだけど――

（幸せそうだな、こいつ……）

　改めて、長谷部さんとのことを語る昴は、あまりに幸せそうで水を差すのは気が引けた。

　こいつがずっと彼女を欲しがっていたのは知っていたし、応援──といっても何ができるわけでもないが、聞き役になるくらいなら、まぁ友達としては当然かもしれない。そう思えるようになったのは、俺にもようやく彼女ができたからだろうか。

「んだよ、求、にやにやしやがって」

「え、そんな顔してたか？」

「ミリな、ミリ。親友の俺でないと気が付かない程度にわずかだけど……ってお前まさかっ⁉　朱莉とのこと妄想してニヤついてたんじゃないだろうな⁉」

「してねぇよそんなこと⁉」

　昴の邪推をすぐさま否定する。

　ちょっと理解を示そうとしたらこれだ！

　でも、一貫して相変わらずな昴に、内心ホッとしている自分がいる。

　朱莉ちゃんと付き合うことで、高校入学から一緒だった友人を失ったら……それは俺にとって耐え難い苦しみだっただろう。

　もしかしたら彼なりに気を遣ってくれているのかもしれないし、そうでなくても俺からすれば救われているのは変わりない。

　こういう気遣いのできるところは朱莉ちゃんと似ている。

　素直に尊敬でき、一緒にいて心地よいと思える美点だ。

「まっ、困ったことがあれば、いつでも相談してくれていいぜ？　なんたって俺は、お前より先に彼女を作った先輩であり、誰よりも朱莉のことをよく知るお義兄ちゃんだからな」

「ああ、何かあったら頼らせてもらうよ――って、昴？　今、なんか、『お兄ちゃん』のニュアンスに違和感があったんだけど……」

「ははは！　気のせい気のせい！」

　そう笑い飛ばす昴の言葉には、どこか含みがある感じがした。

　こういう時のこいつは、碌なことを考えていないというか、また俺をからかおうと何か悪巧みをしているってのがほとんどだ。

　でも、追及すれば墓穴を掘るってのもよくあるパターン。

　俺は呆れ溜息を吐きつつ、彼に合わせて苦笑するしかなかった。

「と、いうわけで……求、お前からの用件は以上だよな？」

「え？　ああ、そうだな」

「じゃあ、次は俺の番だ‼」

「へ？」

「ちーっと待ってろ！」

昴はそう言って勢いよく立ち上がると、カウンターの方に早足で向かっていった。

そして待つこと数分――

「お待たせいっ！」

「おい昴。いったい何……を……」

戻ってきた昴が持っていたのは、追加のカフェオレだった。

いや、でも量がおかしい。

俺が最初に買ったミディアムじゃない。その上のトールサイズ、いやそれより大きいんじゃ……⁉

「あと、これもあるぜ。もちろん俺の奢り（おご）だぜ！」

カフェオレが大きすぎて霞（かす）んでいたけれど、他にはクッキーやスコーン、サンドイッチなどがあった。

どっさりと、いかにもこれから長居すると言わんばかりに大量に……

「さぁ、求くん。聞かせてもらおうか？」

「な、何を……？」

「決まってんだろ！　お前はいったい朱莉のどこに惚（ほ）れたのかって話だよっ！」

「ええっ⁉」

まさかこのカフェオレやフードはそのための……⁉

「気付いたか！　質問は既に尋問に変わってるんだぜ！」

「な、なんだってー⁉」

どうやら昴的にはこれからが本番ということらしい。

いや、昴のシスコンっぷりを思えば、むしろ今までが大人しすぎたんだ。

俺のターンではあえて俺を立てることに徹し、逆に自分のターンになったとき、俺の逃げ道を塞ごうって腹積もりか。

「にしても、ちょっと物資多すぎないか⁉」

「へへへ……朱莉の話をするならいくらあっても足りねぇからなぁ……！　とはいえ、財布的にはかなりの深手を負ったぜ……」

「案外高いからな、こういうとこの」

レシートが見たいような、見たくないような……いや、奢ると言っているんだ。ここは昴の顔を立てておう。うん。

「つーわけで、今日は逃がさねぇぞ。たっぷり、じっくり、こってり、朱莉の可愛いポイントを聞かせてやるからよぉ！　まずは……そうだな、俺が小学五年生の夏の話だ！」

「お前が喋るのか……」

最初の質問はどこに？　いや、答えなくていいなら、いいんだけど。

「いやぁ、俺が風邪を引いた時の、あの朱莉の心配っぷりったらよぉ。まったく、こいつには俺がいなくちゃ駄目なんだなって思い知らされたっていうかさぁ」

……でも、まぁ、付き合ってやるのもやぶさかじゃない。

俺は昴の話に耳を傾けつつ、大量に入ったカフェオレを一口啜（すす）るのだった。

その晩――

『そうですか、兄に話したんですね』

「うん。朱莉ちゃんに断らずに申し訳ないけど、それが筋だと思ってさ」

俺は朝……いや、結局昼過ぎまでかかった昴とのやりとりについて、朱莉ちゃんに報告していた。

もちろん、昴のターンについてはバッサリカットしつつ。

『いえ、先輩の言う通りだと思います。どうせいつか知られることですし、兄はあれでかなり根に持つタイプなので』

「あはは……」

電話の向こうから聞こえた彼女の声は、なんだかすごく実感がこもっていた。

朱莉ちゃんの言葉には共感しかないが、やはり彼女の方が俺よりずっと多く彼に振り回されてきたのだろう。

「まぁ、昴のことだから朱莉ちゃんに面倒はかけないって信じたいけど」

『大丈夫ですよ。先輩と出会ってから、兄の妹離れも大分進みましたから』

「そうなの？」

俺の印象としては控えめに言っても重度のシスコンだったけれど、愛情を向けられる側としては違うのかもしれない。

『……言っておきますけど、先輩！』

「ん？」

『今は私が先輩の彼女ですからねっ⁉』

朱莉ちゃんは若干食い気味に、そう主張してくる。

『当時から、なんで私を差し置いて求先輩と仲良くなってるんだ～⁉って、やきもきしてたんですから！』

「そ、そうだったんだ」

『……なんて言ってたら、もう暫く先輩とは会えないことを思い出してしまいました……‼　うぅ～‼』

ばたばたーっと電話の向こうで暴れるような音が聞こえる。

いや、これはベッドの上を転がってるのかな。

一ヶ月一緒にいたおかげで、電話越しでも何をやっているのか、頭の中に映像として鮮明に浮かんできて、ちょっと可笑しい。

『先輩は寂しくないんですか……こんなに可愛い可愛い彼女、を……』

あっ、照れた。

『そのぉ……ええと……』

「ふふっ」

彼女の仕草があまりに彼女らしくて、可愛くて、つい吹き出してしまった。

『ちょっ、笑わないでくださいよーっ⁉』

そう抗議してくる朱莉ちゃんの声を聞いていると、目の前にいる気分になってくる。

俺一人が住むために借りたこの部屋は、既に俺だけのものじゃない。

朱莉ちゃんとの思い出が染みついて、もう離れそうにない。

(なんて、まじまじ思ってる時点で俺も寂しいってことなのかな)

まさか自分がこんな風になるなんて思ってもいなかった。

これじゃあ昴のこと笑えない。

『先輩、聞いてますー？』

「あ、ごめん。なんだっけ？」

『もう、しっかりしてくださいよぉ。まぁぼけーっとしてる先輩もいいんですけどっ』

朱莉ちゃんは一瞬拗ねた雰囲気を出しつつ、すぐにでれっとにやけだした。

なんか惚気話してるときの昴っぽさがある。さすが兄妹。

『でも、ぼーっともしますよね。先輩はまだ夏休みなんでしょう？』

「ああ、大学は九月いっぱい休みが貰えるみたいだから」

『羨ましいです。私は今も受験勉強で大忙しで……あああっ‼』

「わっ⁉」

突然の大声に、思わずスマホから耳を離す。

「ど、どうしたの、朱莉ちゃん⁉」

『すみません。ちょっと、いやーなことを思い出してしまって……』

「嫌なこと？」

『……知りたいですか？』

まるでこれから怪談でもするかのように、おずおずと聞いてくる朱莉ちゃん。

そんな風に確かめられたものだから、俺も変に緊張してしまって、ごくりと喉を鳴らした。

「ええと、うん」

『ほんとにですか……？』

「う、うん。本当に、知りたい」

とはいえ、ここまで聞いて「じゃあいいです」と引くわけにもいかない。彼女が本気で悩んでいるのなら尚更だ。

『…………分かりました』

朱莉ちゃんはたっぷり間を空けた後、観念したように教えてくれた。

『実はですが、そのぉ……夏休みの最後、そっちで模試を受けてたじゃないですか、私』

「うん」

『その結果が返ってきて……は、判定が悪かったんですぅ‼』

「え、あ、ああ……ええっ⁉」

一瞬、予想より深刻な話じゃなかったと思ってしまったけれど、でもよくよく考えれば滅茶苦茶深刻な話だ⁉

「それって、いわゆる夏休みの集大成的な模試だよね……？　そこで点が悪かったってことは、つまり……」

夏休みの間に、他の受験生と差をつけられてしまったということじゃないだろうか。

そして、彼女から勉強する時間を奪ったのは俺なわけで――

「ご、ごめん！」

さあっと血の気が引く。

俺のせいで、もしも朱莉ちゃんの将来を台無しにしてしまったら、後悔してもしきれない！

『せ、先輩のせいじゃないですよっ！　私がちょっと、油断しちゃっただけですから！』

そう慌てて訂正してくれる朱莉ちゃんだけれど、やっぱり声からは元気が抜け落ちているように感じた。

実際、俺なんかより彼女本人の方がショックに違いない。ずっとA判定だったって言ってたし、夏が終わって判定を落とすのは精神的にも来るものがある。

『それに、先輩と過ごした時間は私にとって、本当に意味のあるものでしたから！　仮に大学に落ちて浪人生になって……それで、時間を巻き戻せるって神様から言われても、絶対にまた先輩のところ行きますからっ！』

ち、力強い！

さっきまでの陰鬱さを吹き飛ばす勢いで、朱莉ちゃんは声高に叫ぶ。

『なんだか、お尻を叩かれた気分です！　受験生なんだからちゃんと受験に向けて頑張らないとって！　こう、メラメラと闘志が湧いてきましたよっ‼』

そして、ぐっと拳を握って、目に炎を点している──感じの声で宣言した。

彼女がやる気になっている以上、俺がとやかく言うことじゃないか。

頼もしくもあり、少し寂しくもあり、だけど。

「でも、そっか。そうだよな。朱莉ちゃんも受験勉強に集中しないとだよな……」

『え、どうかしましたか？』

「ああ、なんでも――」

『先輩、私には言わせたのに、自分はそうやって隠すんですか？』

「いや、隠すなんてほどのことじゃ」

『あからさまに何か隠しましたよね？　ああ、酷い。そうやって隠し事されちゃうなんて。私、先輩の彼女なのに……先輩の彼女……えへへ……』

つ、詰める感じだったのにニヤけちゃってる⁉

もちろん嬉しい気持ちもあるけれど、こうも揺らぎやすいとやっぱり邪魔しちゃってる感が否めない。

そう思えばやっぱり言わない方がいい気もするけれど……でも、それじゃあモヤモヤさせちゃうよな。

「分かった、言うよ。その、大した話じゃないんだけどさ」

『それ、大したことあるときの前振りですよね？』

「いや本当に大したことないんだって。ただ、親から九月は帰省しろって言われてるってだけで」

『へぇ、帰省……きせいっ⁉』

思いっきり驚く朱莉ちゃん。

『帰省というのは、つまり、その、今度は先輩がこちらにいらっしゃると、そういう意味の帰省でございますよね⁉』

「なんか口調が不思議なことになってるけど……おっしゃる通りです」

『なるほど、帰省ですか。それってつまり……！』

朱莉ちゃんの声が、にへらと緩む。

ああ、今彼女がどういう表情で、何を考えているのか手に取るように分かるぞ。

というか、分かりやすすぎる！

「……ダメだからね」

『へっ⁉』

俺は朱莉ちゃんから言われる前に、先回りして釘を刺した。

「朱莉ちゃんは今、受験生なんだ。俺が言えた義理じゃないかもしれないけれど、模試も結果が振るわなかったならその分勉強に集中しなくちゃ」

『むぅ……』

正直言えば、俺も帰省したら朱莉ちゃんと会うチャンスだってあるかも、って思ってたところはある。

　でも、朱莉ちゃんの人生にとって今は本当に大事な時期だ。

　年上の俺がしっかりしないと。

「俺も、朱莉ちゃんの邪魔はしたくないんだ」

『邪魔なんかじゃないですけど……でも、分かりました……』

「ごめんね、でも大変なのは今だけだよ。俺も応援してるし、頑張って」

『ありがとうございます。先輩が応援してくれるなら、それだけでやる気が湧いてきます！』

　朱莉ちゃんの声に悲壮感は一切なく、俺はホッと胸を撫で下ろした。

　彼女は優秀だ。少し気を緩めてしまっても、すぐに締め直して元の好成績を取り戻すはずだ。

『あっ、でも……そのぉ……先輩が応援してくれるって言うなら、ひとつわがままを言ってもいいですか？』

「わがまま？」

『もしも、今度の模試でまたいい結果を出せたら……ご、ご褒美が欲しいですっ!!』

　勢いに背中を押されるように、朱莉ちゃんはそんなおねだりをしてきた。

　少しびっくりしたけれど、でもなんだか朱莉ちゃんっぽいおねだりだ。

「うん、分かった」

俺は間を空けることなく頷く。

朱莉ちゃんのやる気に繋がるなら、渋る理由なんかない。

『ほんとですかっ！　何お願いしようかな〜！』

「お、俺にできる範囲のことでお願いね」

『もちろんです。私、先輩を困らせたりなんかしませんからっ！』

自信満々なのが逆に不安を煽るけれど……いや、気にしないようにしよう。

『それとそれと！　もしも無事に大学に合格したら、いっっっっぱい！　甘やかしてもらいますからね‼』

「あはは……そうだね、その時にはぜひ」

『っ！　やったーっ！　言質取りましたからね⁉』

電話の向こうで大げさに喜ぶ朱莉ちゃん。

これだけの期待を向けられると、ちゃんと応えられるか不安にもなってくるけれど
……いや、彼女にそんな気持ちを悟らせるわけにはいかない。

俺はぐっと不安を呑み込み、今度こそ察されないように気を引き締めた。

『俄然やる気が湧いてきました！　というわけで私は、今から猛勉強をしますのでっ！』

「うん、それじゃあね。体には気をつけて」

『はいっ、先輩も！』

お互いに別れを告げて電話を切る。

彼女の声が聞こえなくなって部屋に静寂が戻ると、やっぱり少し寂しい気分にはなってしまうけれど……。

（とにかく、朱莉ちゃんを思いっきり甘やかすためにも、俺も今のうちに準備できることはしとかないとな）

具体的にはバイトを頑張って金を貯めるくらいのものだけれど。

あとは……昴みたいに、俺も免許を取っておくとか？

また朱莉ちゃんと会った時に幻滅されてしまわないように、俺も時間を無駄にはできない。

「……って、もう出る時間だ！」

やれることの一つ、バイトの時間が迫っていた。

俺は慌てて鞄を手に取り、普段より数段軽い足取りで部屋を飛び出すのだった。

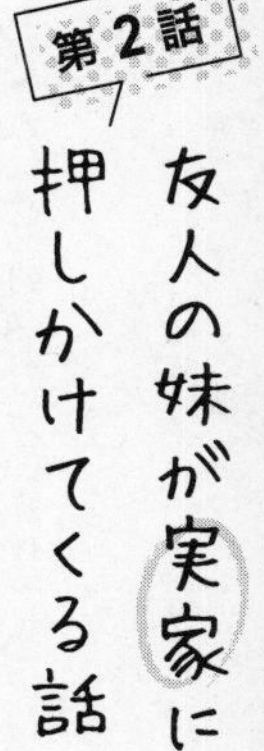

「ふぅ、やっと着いた」

九月に入り、一週間がたった。

八月が終わっても夏の暑さは全然引くことなく、太陽はうっとうしいくらい燦々と輝いている。

そんな中、俺は電車、新幹線を乗り継ぎ、長い道のりを経てようやく、約半年ぶりに生まれ育った地元に帰ってきた。

「まさか、ただ家に帰るだけでこんなに疲れるなんてなぁ」

単純に長時間の移動や、うだるような暑さの影響もあるだろうけれど、何より、帰省という初めての感覚にまだ馴染めていない感じがする。

慣れ親しんだ地元のはずが、すでに妙に懐かしい。

「あ、そっか。二人とも仕事だから……」

そんな初めての帰省ではあるが、両親は共働きで昼間は不在。

別に盛大な出迎えを期待していたとかじゃないし、されたらされたで気恥ずかしくなるんだろうけど……まぁいいや。

「ただいま～……」

持っていた鍵でドアを開けつつ、ついそんな挨拶を口にする。

もちろん返事が返ってくるはずもないけれど――

「にゃあ」

「わっ⁉　あっ、ノワール！」

返事が返ってきた！

見ると、玄関に見慣れた黒猫が行儀よく座っていた。

名前はノワール。小学生の頃にうちにやってきて以来の大親友だ。

品種はボンベイ。性別はメス。ちょっと気難しく、気分屋だけど甘えん坊な、本当に可愛い愛猫だ。

「まさか、出迎えに来てくれたのか？」

荷物を下ろして腕を伸ばすと、ノワールは軽快に俺の胸へと飛び込んできた。

そして、気持ち良さげにスリスリと頭を擦りつけてくる。

（か、可愛い……‼）

久々に見る彼女のあざとい甘え仕草に、思わずきゅんとしてしまう。

もちろん、存在を忘れていたわけじゃない。

スマホの壁紙はノワールで、毎日写真を見ている。

でも、彼女は結構気まぐれというか、猫らしく自由気ままというか。

実家にいた頃は俺からアプローチする方が多くて、こんな風に彼女の方から擦り寄ってくるのは珍しいことだったので、正直予想してなかった。

「もしかして、寂しかったか？」

「ふにゃあ」

肯定とも否定とも取れる気の抜けた鳴き声を漏らすノワール。

猫語は分からないけど、俺的に嬉しいので肯定だと思っておこう。

「とりあえず親が帰ってくるまで一緒にだらだらするかー」

「にゃあ」

ああ、可愛い。本当に可愛い。

一緒に住んでいた頃から可愛かったけれど、離れていた分余計にそう感じる。

「ふにゅう……」

ノワールは俺に抱かれながら、首に顔を埋めてだらっとしている。

ふと、一人暮らしの時に動画で観た、『猫吸い』というものを思い出した。

今は俺が猫に吸われているから……『人吸い』？

猫的にメリットがあるかは分からないけれど、そういえばノワールは夜中にこっそりベッドに忍び込んでくることもあったし、ノワールにとっては好きな行動なのかも。

「存分に吸ってくれて良いからな」

刺激しないように、丁寧に背中を撫でながら、囁く。

俺が実家にいなかった間はずっと吸えなかったわけだし、今は存分に甘えてもらおう。

俺はノワールを抱っこしたまま、かつての自室に入る。

俺が一人暮らしを始めたというのに、部屋は俺がいた頃のままで、しっかり掃除もされていた。

布団もふかふかで……本当に頭が下がるな。

早速クーラーをつけ、涼しい風に酔いしれていると――

「にゃあ」

「あ、ノワール」

俺の腕から飛び降りたノワールが、軽やかな足取りでベッドに飛び乗った。

そして大あくびしつつ、尻尾をふいふいっと振る。

「一緒に昼寝しようってことか？」

「ふにゃー」

「ははっ、気の抜けた返事だな」

気取ってて、自分勝手なくせに、久々に会うと随分としおらしい。

でも本当に眠たげだし、もしかしたら俺が帰ってくるのが嬉しくて、ついつい夜更かししてしまったとか……？

（なんて、ポジティブに考えすぎかな）

そう自嘲しつつ、部屋着に着替える。

そして、にゃあにゃあと催促してくるノワールの頭を撫でつつ、ベッドの上に転がった。

なんだか懐かしくて、でもやっぱり落ち着いて……移動の疲れもあってすぐに眠れそうだ。

「にゃっ」

「ぐふっ⁉　ノワール⁉」

俺が転がるなり、ノワールが顔の上に乗っかってきた！

「こいつっ、寝かせる気ないなっ⁉」

「にゃにゃ～♪」

「って、楽しそうに鳴いてくれちゃって、まあ」

心なしか笑っているようにも見える。

まったく、久々に帰ってきた飼い主をからかいやがって。

とはいえ、ノワールが本気で嫌がるような反撃なんて俺ができるわけもないし、対峙した時点で負けは確定。

実際彼女の手の上で転がされているのは俺の方なんだろうな。悪い気は全然しないけど。

そんな風にノワールと遊び、遊ばれながらも、不思議とだんだん眠くなってきた。

移動で溜まった疲れが、寝転がって一気に襲ってきたんだろうか。

「ノワール、ごめん。ちょっと寝るかも……」

遊び足りなそうなノワールには悪いけれど、まだ帰ってきたばかりだ。

こっちで過ごす時間は全然あるし……と、睡魔に身を委ねようとしていると――

――ピンポーン。

「んあ……？」

家のチャイムが鳴る音が聞こえた。

なんだろう、宅配便だろうか？

両親が不在な今俺が出るしかないのだけど……

（ダメだ、眠い……申し訳ないけど、再配達をお願いしようかな……）

睡魔に負け、うつらうつらと眠りに落ち――

「にゃう」

――バシッ！

ノワールに顔を引っ叩かれた⁉

「づうっ⁉　の、ノワール⁉」

「にゃう、にゃう」

「痛っ、ちょ、わ、分かった、分かったよ！」

くそぅ、楽しみやがって……！

でも、どちらが正しいかと言えば確実にノワールの方だ。

眠気も飛んでしまったし、ちゃんと起きて出よう。

「ノワール、ちょっと待っててくれな」

「にゃあ」

ノワールを下ろし、部屋から出て玄関に向かう。

部屋着のままだけど……まあ、いいか。これ以上待たせるのも悪いし。

「はーい」

と、玄関のドアを開けてから、ついインターフォンに出ずにそのまま出てしまったことに気が付く。

（ていうか、前にもこんなことあったような……）

なんて、呑気にそんなことを考えていたのも束の間――

「こ、こんにちは……」

「……え？」

そこには、一人の少女が立っていた。

しなやかな黒髪を靡かせ、まつげの長いぱっちりとした目を瞬かせ……けれど、あの日と違ってその表情はどこか気まずげに見えた。

「朱莉ちゃん……？」

彼女は宮前朱莉。

俺の親友の妹で、俺の……彼女。

学校帰りらしく、一ヶ月前に俺の一人暮らしの部屋を訪れたときと同じセーラー服を纏っていた。

「えっと……そのぉ……すみません」

「いや、謝らなくていいからっ！」

たぶん電話で話した、俺の帰省中は会わないようにしようという話を反故にしてしまったからだと思う。

いや、まぁ、正直に言えば、帰省したその日に来たのはかなり驚いたけども。

「ていうか、どうして朱莉ちゃんがここに？　家の場所知ってたの？」

「い、いえ。ええと、それはですね。えーと……」

気まずげに視線を彷徨わす朱莉ちゃん。

これは何か裏があるっぽいな。

そもそもあの電話でのやりとりを経て、朱莉ちゃんが自分から会いに来るとは思えない。

彼女に俺の実家の場所を教えて、なおかつここに来るようけしかけた人間か……。

(昴、結愛さん……いや、明らかに一番やりそうな奴がいたな)

見ると、物陰に隠れるようにしながらも、その陰から髪の毛の端っこを覗かせているマヌケがいた。

「やっぱりお前か、みのり」

「げ」

びくっと髪の毛が揺れ——観念したようにみのりが姿を現した。

「気づくの早すぎ」

あからさまな溜息を吐くみのり。

悪びれた様子は一切ない。

「お前な……朱莉ちゃんに迷惑かけるなよ」

「わっ、ナイス彼氏面。その感じで、再会のハグとかチューとかすればよかったのに」

「ちゅーっ⁉　り、りっちゃん‼」

る。

「ま、この感じじゃ朱莉がもたないか」

みのりはやれやれと肩をすくめ、朱莉ちゃんと俺の間を縫うように、勝手に家に上が

「おい、自由すぎるだろ」

「ん？……ああ。おじゃましまーす」

「いや、そうじゃなくて」

家主の許可も取らず勝手に家に上がることをたしなめたつもりだったけれど、みのりに効くはずもなく、

「お手洗いかりまーす」

「……どうぞ」

ああ、なんか急に帰ってきた実感が襲ってきた。

みのりの自分勝手に振り回されてというのが癪だけれど、こんなやりとりも初めてどころかすっかり慣れてしまっている。

「ったく……ああ、朱莉ちゃんもどうぞ」

「い、いいんですか？」

「うん。せっかく来てくれたんだし」

朱莉ちゃんの受験勉強的に、心を鬼にした方がいいかもとも思ったけれど、暑い中追

い出すなんてできないし、みのりは上がっちゃったし……こうなったら流れに身を任すしかないか。

「せ、先輩のご実家……！」

「そんな緊張しなくていいよ。両親は不在だし」

「二人きり……!!」

「いや、みのりがいるけどね」

どこか夢見心地な朱莉ちゃんに、つい冷静にツッコんでしまう。

そんなやりとりをしていると、先に上がっていたみのりが戻ってきた。

「朱莉、いつまでそんなところに突っ立ってんの。早く来なよ」

「お前なぁ……」

「いいじゃん。求くんだって久々に帰ってきたんでしょ？　ゆっくりしなって」

「なんだよその、いかにも気を遣ってますみたいな言い方」

そんな俺のクレームは完全に無視して、みのりは朱莉ちゃんの手を掴む。

「り、りっちゃん～」

「ちなみに求くんの部屋は二階だよ」

「先輩の部屋っ⁉」

「求くんが生まれてから高校卒業まですごした部屋」

「先輩の生まれ育った部屋……‼」

「分かりやすく乗せられてる⁉」

みのりからの誘惑に目を輝かせる朱莉ちゃん。

「と、とりあえずリビングにどうぞ」

流れのまま部屋に案内するのは（主にみのりのせいで）危険な気がしたので、とりあえず無難にリビングに案内することにする。

（うちなら麦茶とか置いてあるよな？　冷蔵庫、空っぽじゃありませんように……！）

帰ってきたばかりで我が家ながら何も把握できていない状況ながら、俺は彼女をもてなすためにキッチンに早歩きで向かうのだった。

◇◇◇

「はい、どうぞ」

冷蔵庫のボトルにちゃんとストックしてあった麦茶をありがたく拝借し、グラスを二つテーブルに載せる。

「ありがとうございます、先輩っ」

「んー」

前者は朱莉ちゃん、後者はみのり。

反応一つでもやりがいが変わってくる……俺も人にしてもらったらちゃんとお礼を言うようにしよう。

「あっ、美味しい……」

一口麦茶を飲んだ朱莉ちゃんは、ぱっと顔を上げて目を丸くする。

当然彼女の麦茶は特別仕様。一ヶ月で学んだ、彼女好みの濃さに調整した砂糖入り麦茶だ。

「ふふっ」

嬉しそうに微笑む彼女を見て、俺も頬を緩める。

そして、そんな俺達を見て、みのりが呆れるように溜息を吐いた。

「いちゃいちゃしちゃってまぁ」

「そんなんじゃないから。ていうかみのり、俺が今日帰ってくるって知ってたのか？」

「うん。おばさんに教えてもらってたから」

そんなことだろうと思ったけれど、母さん、おしゃべりだなぁ。

「で、遊びに行こうと思ったら、朱莉もついてくるって言い出して」

「だってぇ……」

朱莉ちゃんは拗ねるように唇を尖らせる。

おそらく、みのりは直接朱莉ちゃんを誘わずとも、彼女自らついていくと言うように誘導したんだろう。

それが簡単に想像できるくらい、みのりの頭が回るというのもあるし、朱莉ちゃんが分かりやすいというのもある。

「でも、朱莉ちゃんだけじゃなくて、みのりもこの時期は受験勉強しなくちゃだろ。推薦狙いって言ったって確実じゃないし、万が一ダメだった時のためにさ……」

「そうなったらその時勉強するから大丈夫」

「それ、大丈夫って言わないだろ」

「なに？　求くんはアタシが推薦落ちるって思ってるんだ」

「いや……万が一って言ってるだろ。お前やるときはちゃんとやる奴だからな」

「うわ、いやーな強調のしかた」

「事実だろ？」

「正確には、やりたくなったらちゃんとやるタイプだけどね」

譲らねぇなぁ……。

挑発するように、にやっと口角を上げるみのり。

まぁでも、こいつの言う通り俺の心配なんて余計なお世話でしかないか。

「むぅ……」

「あ、あれ？　朱莉ちゃん、心なしか睨まれているような……？」

「つーん、です」

　思いっきり顔を逸らされてしまった。なぜかふくれっ面で。

「朱莉、嫉妬してるの？」

「してないもん。別にりっちゃんと先輩が仲良いことなんて分かってたもん。先輩とりっちゃんが、二人だけで、楽しそーにお喋りしてても、これっぽっっっっちも気にしないもん」

　……どうやらそういうことらしい。

「駄目だよ、求くん。彼女ほったらかして他の女の子にデレデレしちゃ」

「お前も言われてんだよ。ていうか、デレデレなんかしてない」

「つーん」

「あっ……」

　朱莉ちゃんの不機嫌さにさらに拍車が……というより、かまってオーラが透けて見えてるような……？

「あ、朱莉ちゃんは受験勉強は順調？」

「別に普通ですけどっ」

　完全に意地になってる。

こういうとき、朱莉ちゃんは結構頑固だ。

原因になった俺やみのりでは、簡単に機嫌を直してはくれないだろう。

これは長期戦になりそうだぞ……。

「にゃあ」

騒がしく感じたのか、それとも中々帰ってこない俺に痺れを切らしたのか。

気怠げに鳴きながら、ノワールがリビングに入ってきた。

「猫ちゃん⁉」

真っ先に反応したのは朱莉ちゃんだった。

ぴょんっとその場で跳びはねつつ、獲物を見つけた肉食獣の如く駆けだして――

「……はっ⁉」

抱きつく一歩手前で、立ち止まった。

「こ、これは……そのぉ……！」

ギギギ……ときしむ音が聞こえてきそうな感じで、朱莉ちゃんがゆっくりこちらを振り向く。

猫を抱きしめたい。けれど、さっきまで毅然とした態度を取っていたのにすぐに崩すのは恥ずかしい。

そんな二律背反な葛藤が痛い程伝わってくる。

いや、まぁ、うん……後者に関してはそんなに気にする必要ないんじゃないかって思うけど。

「う、うう……⁉」

朱莉ちゃんは見てるこっちがハラハラするくらいに葛藤している。

そんな彼女の横を、ノワールは気にもかけず素通りし、俺の方へやってきた。

「わー、久しぶりノア」

そして俺の前に辿り着く直前、横からみのりにかっさらわれてしまった。

「ふにゃあっ！」

「こーら、もがくなもがくな。久々にアタシに会えて喜んでるのー？」

うざったそうに唸るノワールを、みのりは慣れた様子で抱き上げる。

決して仲が悪いわけじゃないんだけど……まぁ、お決まりの絡みってやつだ。

「にゃ、にゃーちゃん……」

朱莉ちゃんは羨ましげにみのりを見ている。

どうやら意地はどこかに飛んで行ってくれたらしい。でかしたぞ、ノワール。

「り、りっちゃん、私にもにゃーちゃんを――」

「わっ、ノア」

ノワールは器用に体をくねらせ、するっとみのりの腕を脱する。

「ああ……」

またもやチャンスを逃し、肩を落とす朱莉ちゃん。

自由になったノワールは、今度こそ俺の方にやってきてかりかりと足を引っ掻いてきた。

どうやら「構え」ってことらしいけれど……。

「うぅー……」

朱莉ちゃんは諦めきれず、ノワールをロックオンしたまま。

さすがにかわいそうだけれど、ノワールはそういう気遣いを求められるタイプじゃないしなぁ。

（そうだ！）

俺はノワールを抱き上げる。

みのりの時と違って、すぐにリラックス状態になってくれた。

よし、今ならたぶん大丈夫だ。

「朱莉ちゃん」

「ふぇっ」

「結構気難しい奴だけど、撫でるくらいなら大丈夫だよ」

「いいんですかっ⁉」

「うん、優しくね？」

「は、はい……！」

緊張しつつ頷き、朱莉ちゃんはノワールに向かっておずおずと手を伸ばす。

見てるこっちも緊張してしまいそうだけれど、緊張が伝わればノワールも落ち着かないだろうし、必死で平常心を保つ。

「触ります……ひゃっ」

朱莉ちゃんはまず一度指で軽く頭に触れた。

ノワールは……うん、あまり気にしてないな。

「ふ、ふさふさしてますね」

当たり前な感想を言いつつ、つんつんノワールの頭をつつき続ける朱莉ちゃん。

けれど、ノワールが気にしないことで緊張がほぐれたのか、今度はちゃんと手のひらで触れた。

「あったかい……！」

「ふにゃ～」

「わ、くすぐったかった⁉」

欠伸をしただけなのに、朱莉ちゃんはびくっと肩を跳ねさせた。

「もしかして、猫とか触るの初めて？」

「は、初めてじゃないですよ⁉　ただ、こういったペットを飼ってる友達っていなかったので……あまり経験はなくて……」

不安げに、朱莉ちゃんはそう告白した。

少し怯えも感じられたのは、素人には触らせられないと取り上げられるのを危惧しているのか、そもそもペットという存在に特別な思いがあるのか。

(そういえば、花火大会でとった金魚のこともすごく気にしてたもんな)

朱莉ちゃんと連絡をとりながらも、結構頻繁に金魚の様子を聞いてきていた。

「元気に泳いでますか」とか、「私も餌やりしたいな」とか。

思えば俺も初めてうちにノワールがやってきたとき、自分よりずっと小さな存在を前に、傷つけてしまわないか不安になったものだ。

なんだか懐かしいし、それだけ優しく思ってくれるのが嬉しくもある。

「大丈夫だよ」

「先輩……」

「ノワールは嫌なことは嫌ってはっきり言うタイプだから。朱莉ちゃんも気遣いしすぎなくていいんだよ」

俺は朱莉ちゃんが少しでも安心できるように優しく囁いた。

ノワールは今、少し眠たげだ。

普段眠たいときは機嫌も悪くなりがちな子だけれど、こうして腕の中でうとうとしている時は嘘みたいに警戒が緩む。

朱莉ちゃんはノワールをじっと見つめつつ、もう一度、手を伸ばす。

そしてゆっくり、割れ物に触るように優しく、手のひらでノワールの小さい頭を撫でた。

「ふにゃあ……」

「気持ちよさそう……で、いいんですよね？」

「うん。リラックスしてる」

「よかったぁ……ふふっ」

朱莉ちゃんも安心したのか、微笑みを浮かべながらノワールの頭を撫で続ける。

もうすっかり猫の持つ魔力に魅了されたらしい。

猫とか、犬もそうだけど、動物は触っているだけでなんかほっこりするんだよな。

ふわふわしててモフモフしてて……俺も一人暮らしの家にノワールを連れて行けないか何度も悩んだものだった。

まぁ、慣れない一人暮らしでペットを飼うのはノワールにも迷惑をかけるし、それこそ今は金魚という猫と組み合わせの悪い住人が増えたので絶対無理になってしまったけれど。

ちなみに、帰省に合わせて金魚は一旦結愛さんに預けさせてもらっている。

きっと俺が世話するよりもずっと快適にすごしているだろう。

結愛さんからは『三つ貸しね♪』なんて、ものすごくいい笑顔で言われてしまったけれど……未だに何で三つなのか腑に落ちていない。

（……ていうか、あれ？　なんか妙に静かだな）

ふと、この場にはもう一人いたことを思い出す。

それも、大人しく黙っているなんて状況とは全く無縁の自由人が――

「…………」

「お前、何やってんだ？」

その人物、桜井みのりはこちらにスマホの背面を向けた状態で、その画面をじっと見つめていた。

「……ああ、アタシのことは気にせずどうぞ」

「いや、気になるけど」

「りっちゃん、それもしかして……動画撮ってるの？」

「気づかれちゃあ仕方ない」

みのりは溜息を吐くと、スマホの画面をタップする。

ポロン、と音がしたのは録画を止めたからだろう。

「二人が良い雰囲気だったから記録にって思って」

「良い雰囲気？」

「ほら、まるで生まれたばかりの赤ちゃんを愛でる夫婦みたいじゃない？」

「ふぇっ⁉」

そう言ってみのりが見せてきたスマホには、確かにノワールを赤ちゃんに見立てれば、そう見えなくもない俺達が映っていた。

「ななな、何言ってるの、りっちゃん⁉」

「二人の披露宴では、『これはいつか子宝に恵まれる日を願って、愛猫で赤ん坊をあやす練習をする二人です』ってナレーション入れるんだ」

「まるっきり嘘じゃねーか！」

思わずツッコむ俺に、腕の中のノワールがびっくりして、俺の腕から飛び降りた。

「この場の事実はどうであれ、披露宴の場では誰もがアタシの言葉を信じるよ」

「いや、そもそもその披露宴だなんだって話から飛躍してるんだけど」

「そ、そうだよりっちゃん！　そんなの気が早いって言うか、そのぉ……」

「えー、朱莉までそんなこと言うんだ。じゃあ仕方ない。後でこの動画、朱莉にも送ってあげようと思ってたけど――」

「それはいりますっ！　くださいっ‼」

すぐさま思いっきり頭を下げる朱莉ちゃん。

何はともかく動画は欲しいという強い意志を感じる……！

そして、そんな必死な朱莉ちゃんを見ながら、ノワールは怯(おび)えるように俺の後ろに隠れた。

（あ、もしかしたら今ので苦手認定されたかも……？）

そんな気がしたけれど、朱莉ちゃんは絶対落ち込むので、これについては胸の奥にしまっておくことにした。

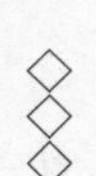

「ま、そんなわけで、これからちょくちょく求くんち来るから」

色々ドタバタしつつ、ようやく落ち着いた後、みのりは改まるようにそう言った。

どうやらみのりのやつはちょうど昨日、推薦入試を受けてきたらしく、最低でも結果が出るまでは暇(ひま)しているとのこと。

つまり、こいつの言うちょくちょくは、ほぼ毎日って意味だろう。

そしてそうなると……黙っていないのが隣にいた彼女だ。

「りっちゃんが来るなら、私だって来ますっ‼」

ばんっと強くテーブルを叩きつつ、朱莉ちゃんはやけくそ気味に叫んだ。

「で、でも、朱莉ちゃん。勉強は？」

「当然、先輩の家でします」

「だけど、それで成績が落ちちゃったんじゃ……」

「うぐ……⁉　で、でも、りっちゃんと先輩が二人きりで遊ぶなんて看過できませんもんっ！」

朱莉ちゃんは拗ねるようにぷっくりと頬を膨らませた。

「私だって先輩の彼女なんですっ。夏休みが終わって、それでもこうして傍にいれるってなって……それなのにお預けなんてあんまりすぎますぅ！」

僅かに涙ぐみつつ、朱莉ちゃんはそう強く訴えた。

そんな熱弁されるほど想われているのは彼氏冥利に尽きるというか、嬉しいけれど……でも、そう素直に喜んでしまっていいんだろうか。

八月に続き九月まで彼女の時間を貰ってしまって、もしもそれで取り返しのつかないことになれば——

「じゃあ、こうしよ」

「りっちゃん⁉」

「求くんが帰る前に、朱莉にはアタシが用意した政央学院の過去問に挑んでもらって、その結果をこの夏の成果ってことにするの」

「なるほど……模試よりも過去問で点数が取れる方が、合格に近いもんね⁉」

「もちろん、事前に過去問とか解答を調べるのは禁止ね。朱莉はそんな卑怯な真似しないと思うけど」

「そんなのしないよ、絶対！」

えーっと、二人だけで話が進んでいるけれど、つまりは朱莉ちゃんの成績が落ちていない、または回復したか確かめるためにテストするってことか。

いいんじゃないだろうか。明確に目標があった方が朱莉ちゃんも身が入るだろうし、良い結果が出れば俺的にも安心だ。

「ただし、目標に達成できなかったら罰ゲームだからね」

「えっ‼」

「当然でしょ。高三の受験は一回切り。浪人したくなかったら本気で死ぬ気でやらないと駄目だし」

推薦入試の結果が出ないうちから気を抜ききってるお前が言うか。

「ば、罰ゲームっていったいなにを……？」

「そうだなぁ……」

みのりは顎に指を当て、少しばかり悩んだ後――いかにも悪だくみしていますと言わんばかりのしたり顔をした。

「こういうのって、その時まで判明しない方が怖くない？」

「た、たしかに怖い……！」

「じゃあ、そういうことで。まぁ朱莉ならきっとダイジョウブダヨ」

「心なしか心がこもってない感じがするよ⁉」

つまり、開けてみてのお楽しみということらしい。

たぶんよっぽど悪いことが思い浮かんだか、逆に何も浮かんでいないかのどっちかだな。

「ああでも、当然だけど、合格したときのご褒美も考えてるから」

「ご褒美っ⁉」

みのりの付け足した情報に、朱莉ちゃんは罰ゲームを明かされた時より大きなリアクションを見せた。

ムチよりアメ。欲望に弱い朱莉ちゃんからしたら、確かに罰ゲームよりもご褒美のほうが励みになるかもしれない。

「ちなみに朱莉。罰ゲームとご褒美、中身が知れるならどっちが知りたい？」

「ご褒美っ！」

「わ、即答」

本当に朱莉ちゃんらしい。

けれど、ここまで期待されるとご褒美側のハードルもかなり高くなってしまう。

みのりのやつ、いったい何を提示するつもりだろうか……。

「ご褒美は、求くんがなんかしてくれマス」

「俺っ⁉」

「わーいっ‼」

まさかの丸投げに思わず叫ぶ俺。そして、喜びの声を上げる朱莉ちゃん。

「なんかって、なんだよ」

「なんかはなんか、デス」

微妙な棒読みが気になるが、譲る気はないらしい。

ご褒美……ご褒美か……。

正直、何をすれば期待に応えられるか分からないけれど――

「分かったよ、何か考えとく」

「本当ですかっ！」

「その代わりに、朱莉ちゃんはちゃんと勉強を頑張ること」

「はいっ！　だから、そのぉ……先輩がいる間は、こうやってお家に遊びに来てもいいですよね？」

「うん。俺がいるときなら、もちろんいいよ」

俺も帰省中はこっちの友達と会う約束をしてたりするし、毎日というわけにはいかないけれど。

「じゃあ、また来たいときは連絡しますね。ふふっ、なんだか先輩の家に通うって不思議な気分です」

「確かに」

八月は一緒に住んでいたわけだから、今よりずっとすごい状況だったのだけど、改めて家に招く(まね)というのもなんだか緊張する。

「まったく……また二人の世界に入ってるね」

「あっ……ごめん、りっちゃん」

「ちなみにアタシも、お兄ちゃんが親友に粗相しないよう見張りに来るのでヨロシク」

しねぇよ、とツッコみそうになるが、こいつの場合理由なんてどうでもよさそうなのでスルーする。

「そういえば、そろそろおじさんかおばさん帰ってくるんじゃない？」

「ああ、もうそんな時間か」

「えっ⁉　先輩のご両親ですか⁉」

朱莉ちゃんは跳びはねるように立ち上がると、手ぐしで髪の毛を整え始める。

　そして――

「む、無理ですっ‼」

「え？」

「いきなりご両親に会うなんて無理ですよ！　心の準備というか、もう、何も、全然できてないですしっ！」

「そんなに大それた相手じゃないと思うけど……」

「大それた相手ですよう！」

　心なしか朱莉ちゃんが青ざめて見える。

「だって、ご両親からしてみたら、私は一人暮らしをしている息子の元に押しかけて知らないうちに付き合うことになったとんでもない女じゃないですかぁ！」

「それは……あまりに言い方が悪すぎるような」

「でも事実ではあるよね」

　みのり、容赦ないな。

「ご両親にご挨拶するのなら、せめてもう少し私が世間に誇れる存在になってから……そう、例えば、大学に入学し、学生のうちに起業！　一年で上場し、世界に誇るベンチャー企業１００みたいなのに選ばれて、さらに国からも表彰されて、社長報酬として年一億円をもらえるくらいにならないと……」

「目標が大きすぎない⁉」

そこまで大きくなられちゃうと、今度は俺なんかと付き合って本当に大丈夫なのかって心配されてしまうと思うんだけど！

「うう……」

「ま、まぁそれも大学合格したらとかでいいんじゃないかな？」

「そう、でしょうか……？」

正直俺も正解なんか分からないけれど、少なくとも今彼女を会わすのは危険だとは理解できた。主にメンタル的な意味で。

ただでさえ目の前にはやらなきゃいけないことが積み上がっているのに、これ以上増やせばパニックになってしまうだろう。

別に両親への挨拶って今の時点でしなくちゃいけないものでもないだろうし……そうだよな？

「とりあえず、今日はそろそろ失礼しようと思います……」

「うん、分かった」

「じゃあアタシは――」

「もちろんりっちゃんもだからねっ！」

みのりがどうするかを聞く前に、朱莉ちゃんは彼女の手首を摑んだ。

「ちょ、朱莉」

「それじゃあ先輩！　お邪魔しました！　また来ますっ‼」

朱莉ちゃんは鞄を持つと、どたばたとせわしなく、みのりを引っ張ったまま出て行った。

万が一でも両親とのバッティングを避けるためだと思うけれど……本当に、思いついたらすぐ行動って感じだな。

「にゃあ～」

「あ、ノワール。ごめんな、騒がしくして」

まったくよ、と言いたげに顔をくしくしと掻くノワール。

彼女にとっては落ち着かない時間だったかもしれないけれど、俺としてはちょっと嬉しいハプニングだった。

なんだかんだそれらしいことを言いつつ、俺もまた朱莉ちゃんと一緒に過ごせるのが嬉しいらしく……自然と頬が緩んでしまう。

(なんとなくの、義務感からの帰省だったけれど……思ったよりずっと楽しくなりそうだな)

そんな予感を覚えつつ、とりあえず今は、不機嫌そうに足を叩いてくるお姫様のご機嫌取りをするためにそっと彼女を抱き上げるのだった。

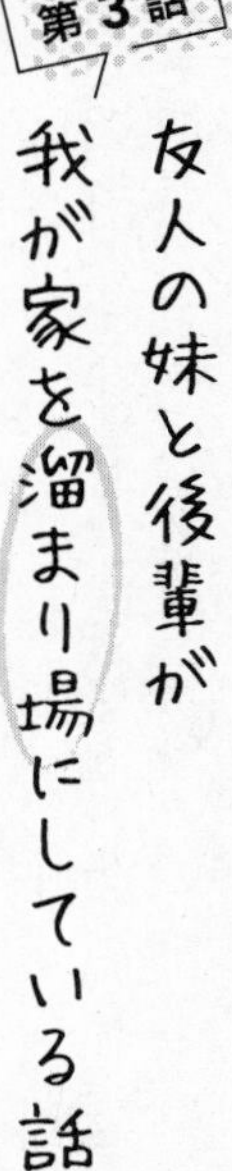

朱莉ちゃんとみのりは、決まって平日の午後にやってきた。

夏休みが終わり、彼女ら三年生は早くも受験追い込みシーズンを迎えている。

彼女らの通う明立高等学校では九月末に文化祭が行われるため、この時期は準備のために午後の授業を免除されている。

ただし、受験を控えた三年生に文化祭への参加義務はないため、教室や自宅で自習したり、予備校や塾に行ったりと、各々のやり方で受験勉強に勤しんでいる者も多い。

俺も去年はそんな風にすごしたっけ。ああ、話を聞くだけでもう二度と繰り返したくない勉強漬けの日々が鮮明に蘇ってくる。

「ま、アタシには関係ない話だけどね」

そう言うのは、現役高校三年生であり、受験シーズン真っ只中のはずの桜井みのり。

我が家のソファにぐでーっと寝そべりつつ、アイスキャンディーをのんびり舐めている。

「昴(すばる)も同じようなこと言って煽(あお)ってきたなぁ」

あまり似たタイプとは思わないが、こういう煽り力の高いところはよく似ている。

もちろん、今みのりが煽っているのは俺ではなく——

「ぐうう……ぐぬぬ……！」

テーブルで問題集と向き合う朱莉ちゃんに対してだ。

学校が終わってから真っ直(まっす)ぐここに来ているのだろう。二人は制服姿のまま、俺しかいないこの家を溜(た)まり場(ば)にしている。

もちろん朱莉ちゃんは来たるテストに向けて勉強するために。

そしてみのりは……まぁ、だらだらするためか。

「ほーら、ノア。たかいたかーい」

「にゃあ……」

ペロッとアイスキャンディーを平らげたみのりは、今度はノワールを捕まえて遊びだした。

初めて会ったときはツンツンした態度を見せていたノワールだけど、今ではすっかり諦めて遊ばれるがままになっている。

まさに借りてきた猫……あいつにとってここはホームグラウンドのはずなのになぁ。

「うー……」

そんな一人と一匹のやりとりを、朱莉ちゃんは横目でちらちらと盗み見ていた。

——私もノアちゃんと仲良くなりたいっ！

そんな心の声が透けて聞こえてくる。

正直なところ、朱莉ちゃんはノワールに避けられている。

なんというか、持ち味だと思うんだけど、彼女の感情表現豊かなところを見られて、『怖い』と思われてしまったらしい。

誤解だし、せっかくなら仲良くなってもらいたいけれど、案外時間がかかりそうだ……。

「にゃあっ！」

「あ、逃げた」

朱莉ちゃんの対面に座り、スマホをいじりながらそんなことを考えていると、ノワールが突然膝の上に飛び乗ってきた。

「ノア〜、逃げるな〜」

「って、おい、みのり⁉」

そんなノワールを追いかけてきたみのりが、勢いのまま俺ごと飛びついてきた⁉

ノワールはそれを受けて反対側に退避するが、みのりは俺の膝に腹を乗せるようにダイブし、捕らえる。

「アタシを出し抜こうなんて、百年早いよ」

「ふにゃあ……」

観念したように溜息を吐くノワールを、みのりはまたいじりだす……俺の膝の上に乗ったまま。

「おい、みのり、降りろ」

「えー、良いじゃん別に」

「にゃあ」

「ほら、ノアもそう思うって」

ノワールの奴、自分だけオモチャにされるのが癪だからって、俺を仲間にしようとしてるな……⁉

(……こういう時は無視だ。変に反応するから調子に乗るんだ)

そう心の中で自身に言い聞かせつつ、再びスマホに視線を落とす。

「ちょっと無視？　うんしょっと……にゃあにゃあにゃあ」

みのりは俺の足を背もたれにするように座り直すと、ノワールを持ち上げて押しつけてくる。

「無視するにゃーご主人さまー」

「お前、何がしたいんだよ」

「特に意味はないんだにゃー」

ああ、うっとうしいなぁ、もう！

とはいえ、相手はノワールなので変に抵抗して傷つけるわけにもいかないし、ただ耐えるしか——

「じー……」

はっ⁉

もはや横目とかじゃなくて、真っ直ぐ、朱莉ちゃんが半目を向けてきている⁉

「ご、ごめん！　うるさかったよね……？」

「うるさいとか、そういうんじゃないです」

意識的に抑えたような淡々とした声に、背筋が寒くなる。

「ん、勉強してなくていーの？」

「こんな状況で勉強なんてできないよっ‼」

とんでもなく心のこもった悲鳴に、ノワールがびくっと体を震わせる。

「それは集中できてない証拠じゃない？」

俺も同じ気持ちだったが——

みのりだけは平然と、しかもさらに挑発するような言葉を打ち返していた。

「しゅ、集中してるもん！　第一りっちゃん、先輩といちゃいちゃしすぎっ！」

「……？　いちゃいちゃなんてしてないけど」

「してるけど⁉　どう見てもしてるけど‼」

首を傾げるみのりは、本気で朱莉ちゃんの訴えを分かっていないようだった。

ていうか……ぶっちゃけ俺も分かってない。

みのりとイチャイチャしていたつもりなんかないし、やりとりもうっとうしいところ含めて、かつてとそんな変わらないというか。

「私、りっちゃんが猫のモノマネして誰かに甘えるなんて見たことないよ。キャラと全然違うし」

「うぐ……っ」

みのりが怯んだ⁉

でも……珍しいのかな？

確かに、先月みのりが来てたときはこういう態度は見せなかったけれど、中学時代とか、ノワールと絡んだときはたまに見せていた仕草だ。

それだけノワールと一緒にいるときはリラックスできているってことかもしれない。

「そっかぁ。りっちゃんは先輩に対してだと、そんな顔見せちゃうんだなぁ……？」

「待って、朱莉。聞いて」

「ちなみにぃ、ここにりっちゃんがにゃんにゃん言ってる動画があるのですが」

「撮ってたの⁉」

「これをうっかりクラスラインに貼っちゃったら……ふふっ、りっちゃん今よりもっと人気者になっちゃうね？」

そう朱莉ちゃんは、にまにまと勝ち誇るような笑みを浮かべた。

怒ってる感じじゃなくて、むしろ嬉しそうだ。

「だ、だから違くて。これは……そう、中学の頃はよく求くんちに——いやっ、ノアと遊んでたから、その感じが久々に出ただけというか、別に変なことないし。普通だし。人間誰しも当たり前に持っているものだし。恥ずかしくも珍しくもないし」

「分かりやすく早口になってるな……」

「ふぅん？　それじゃあ、りっちゃん。この動画、みんなに見せても大丈夫ってことだよねー？　だって普通なんだもん。人間誰しも当たり前に持ってるものだもん。たぶんみんなもそう思ってくれるよねー？」

みのりの早口の言い訳（？）にも一切動じず、朱莉ちゃんは笑顔で追い詰める。

そんな朱莉ちゃんに対し、みのりは顔を逸らしつつ、しかし次第に、じわじわと冷や汗を浮かべ——

「ごめんなさい。許してください」

プライドを人質にされ、みのりはあっさりと土下座した。

彼女に掴まれたまま、まるで献上品のように掲げられたノワールが居心地悪げに「ふにゃあ」と鳴いた。

そんなこんなで夕方頃――

「ふぅ～、とりあえず今日のノルマ達成！」

それから暫くたって、朱莉ちゃんがそう満足げな声を上げた。

「お疲れ様。はい、お茶」

「ありがとうございます、先輩。あれ、りっちゃんは？」

「ほら、あれ」

俺はソファの方を指さす。

そこには、まるで自宅のようにソファに寝そべって気持ち良さげに寝息を立てるみのりの姿があった。

「最初こそ、しおらしい感じだったけどね」

「そうなんですか？」

「一分ももたなかったけどね」

「まぁ、りっちゃんらしいです」

朱莉ちゃんは苦笑しつつ、麦茶を一口飲む。

「でも、今日は可愛いりっちゃんが見れたので満足です。隙だらけで動画まで撮っちゃいましたし」

「……ちょっと意外だな」

「え?」

「あの時の朱莉ちゃん、てっきり怒るんじゃないかって思ったから」

「怒る、ですか……?」

朱莉ちゃんは不思議そうに首を傾げ――すぐに「ああ」と答えに辿り着いた。

「先輩、もしかしなくても先輩とりっちゃんが仲良くしていたから、私が嫉妬するって思ったんですか?」

にまっと、朱莉ちゃんはからかうような笑みを浮かべる。

いや、からかうようなと言っても悪意とかは全然なくて、もっと温かくて無邪気な感じ。

なんというか、朱莉ちゃんらしい笑顔だった。

「それって、それだけ先輩が私のこと気にしてくれてるって意味ですよねっ!」

「そう……なのかな」

「そうですよっ！」

にこーっと、今度こそ鼻歌でも歌い出しそうなくらいご機嫌な笑顔になる朱莉ちゃん。

「そりゃあ、先輩とりっちゃんはちょっと嫉妬したくなるくらいには仲良すぎると思いますけど、私は彼女ですしぃ？　どしっと構えてこそ、じゃあないですか！」

「た、たくましい……！」

「それに、先輩と付き合えたからって、親友の大事な絆を取り上げるような人でなしでもありませんから」

親友の大事な絆……俺とみのりの『兄妹』みたいな関係のことだろう。

俺はともかく、みのりがそれをどれくらい大事にしているのかは分からないけれど、まぁ朱莉ちゃんの前で見せないような仕草を見せてくれたり、無防備な寝顔を晒してくれる程度には懐いてくれているってことなんだろう。

「でも、節度は守ってくださいねっ！　私だけに勉強を強いて、りっちゃんといちゃいちゃするなんて言語道断ですからっ！」

「は、はい！」

「今日だってほら！　こんなにいっぱい問題解いたんですよ！」

そう言って、朱莉ちゃんはさっきまで広げていたノートを突きつけてくる。

ほんの一、二時間程度だったはずなのに、そうとは思えない量消化していた。解答は全て自己採点ずみで、丸ばっかりついている。

「これはすごいなぁ……」

「でしょ！　でしょう⁉」

ぐいっと身を乗り出し、目をキラキラ輝かせる朱莉ちゃん。

たったそれだけで、彼女が何を求めているのか分かり、つい苦笑してしまう。

「そういうの、みのりとの賭けに勝ってからじゃないの？」

「うっ……いいじゃないですか、これくらい！　ほら、りっちゃんだって寝てますし！

それに、こういうのは小さな目標をコツコツ積み上げていくのが一番いいって言います

し！」

「そうかなぁ？」

「そうなんですっ！　それに……先輩に褒められたくていつもより張り切ったのに、そ

れが叶わなかったってなったら、次からのモチベーションが……そのぉ……」

モチベーションを人質にして脅してくる朱莉ちゃん。

というか、期待通りの返しが貰えず落ち込んでしまっている方が問題か。

「仕方ないなぁ」

そんな姿がいじらしくて、つい簡単に折れてしまう。

軽い溜息を吐きつつ、右手を伸ばし、彼女の頭に触れ、撫でた。

「よく頑張ったね、朱莉ちゃん」

「えへへ……」

同居していた時からおねだりされてやっていた行為だけれど、彼氏彼女の関係になってからだと、妙な気恥ずかしさがある。

でも、朱莉ちゃんはやっぱり嬉しそうで、幸せそうで……もっとしてあげたいって気持ちの方が大きく膨らんで――

――ピロンッ。

「はっ！　りっちゃん⁉」

「ふふっ、いいのが撮れた」

いつの間にか起きていたみのりが、先ほどの朱莉ちゃんの如く、スマホのカメラをこちらに向けてニヤッと笑う。

どうやら、さっきのお返しをしようと狙っていたらしい。

さすが、ただじゃ転ばないな……。

「彼氏に頭撫でてっておねだりする朱莉。ふふっ、こんなの見たらファンは卒倒するんじゃない？」

「ファンなんかいないし⁉　ていうか、消してーっ！」

「えー、どーしよっかなー」

さっきと立場を逆転させつつ、騒ぎ出す二人。

そんな仲睦(なかむつ)まじい姿を眺めながら、ふと学校での朱莉ちゃんはどんな風に過ごしているのか気になった。

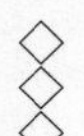

実家に帰ってきてから何日かが過ぎた。

大学に入学する前には当たり前だった、家族と団らんしたり。

地元に残った、または俺と同じように帰省してきた友人達と遊んだり。

まるでここに住んでいた時間に戻ってきたみたいな感覚を覚える。

けれど、現役高校生である朱莉ちゃんとみのりが、セーラー服姿で遊びに来ているのを見ると、さすがに彼女らと同じとは思えないなぁと自覚してしまう。

たった一歳の違いだけれど、今仮に俺が学生服を着てもただのコスプレにしかならないのだ。いや、着る気もないけれど。

「ほら、ノワールちゃん。猫じゃらしみたいなオモチャだよ～」

「ああ駄目。完全に無視してる」

「なんでーっ⁉」

今は二人でノワールと遊んでる……いや、遊んでもらってると言った方が正しいかもしれない。

ノワールも朱莉ちゃんという存在には慣れたみたいだけれど、彼女らしさのある塩対応で見事にいなしていた。

「むぅ……りっちゃんには懐いてるのにな。私、りっちゃんよりも優しそうに見えると思うんだけど」

「見た目は関係ないよ。朱莉とは年季が違うから。な、ノア」

そうどこか得意げに言いつつ、みのりはノワールに小さく手を振る。

「…………」

「おーい、無視すんな」

「んにゃ」

「いたっ」

ノワールの気を引こうと手を伸ばし、逆にぺしっと叩かれるみのり。

ノワールの中では完全に上下関係が定まってるんだよなぁ……もちろん、ノワールが上だ。

「求くん。叩かれた」

「嫌われてるんじゃないか？」

「そんなことないし。仲良しだし。ね、ノア？」

　そう確認するみのりの表情は、ほんの少し落ち込んで見えた。

　そんな彼女を哀れんだのか、ノワールは「元気出せよ」と言うように膝を撫でた——尻尾で。

「うう、ノア〜、このツンデレめ〜」

「にゃあ」

　みのりはノワールを膝に乗せ、優しく撫でる。

　機嫌も戻ったようだし、一件落着かな？

「うー、結局りっちゃんに取られちゃいました」

「あはは……まぁ、そのうち仲良くなれると思うよ。人嫌いってわけじゃないしさ」

「はい、頑張りますっ！」

　最初こそ落ち込んでいた朱莉ちゃんだったけれど、すぐに元気を取り戻すと、キラキラした瞳をみのりとノワールに向けた。

「やっぱり、あんなりっちゃん、新鮮で可愛いです」

「朱莉ちゃんの前だと……ちょっと気取ってるのかな」

「そ、そんなんじゃないと思いますよ。ただ……」

「ただ？」

「ここが、先輩とノアちゃんの前が、りっちゃんが一番リラックスできる場所なのかなって」

そう朱莉ちゃんは、温かな視線をみのりに向けながら言った。

微笑ましげに、どこか羨ましそうでもあり……今朱莉ちゃんの中でどんな感情が渦巻いているのか、想像はできても答えまでは分からない。

（……そっか）

野良猫みたいにふらっと消えて、突然戻ってきては我が物顔で傍に居着いて……なんて、からかえば容赦なく引っかかれるだろうけれど。

あいつにとって、今この瞬間が落ち着く場所なら、それは絶対に良いことだ。

「……？　なに、二人とも。ねばねばした目で見てきて」

「ねばねばなんかしてねーよ」

「してるよ。ねばねば」

みのりはそう繰り返しつつ、呆れたように顔を背けるけれど、彼女はそんな鈍感じゃない。

俺達が何を考えているか分かった上での憎まれ口。

つまりは照れ隠しだ。

「ふふっ、ごめんねりっちゃん」

「むぅ……」

微笑みつつ形だけの謝罪を述べる朱莉ちゃんに、みのりはやはりばつが悪そうに唇を尖らしていた。

ホームグラウンドで油断した分、朱莉ちゃんの優勢かな？

「覚えてなよ朱莉ぃ……」

「ひうっ⁉」

……まぁ、その分反撃も凄まじそうだけど。

と、そんな少しばかり緊迫した空気が流れ出した時――

「にゃうっ！」

みのりに撫でられるままになっていたノワールがぴょんっと跳ね起きた。

同時に、スマホのバイブ音が僅かに聞こえてきて……どうやらみのりのスマホに着信が入ったらしい。

「…………」

「出ないのか？」

「……はぁ。めんどくさいなぁ」

みのりはあからさまにぼやきつつも、スマホを持ってリビングから出て行った。

「あの反応、たぶん学校からですね」

「学校？　まさかあいつ、何か怒られるようなことでもしたの？」

「あ、いや、えと……実はりっちゃん、文化祭の催し物に参加しているんです」

「え？」

みのりが文化祭に参加している？

受験生は自由参加な文化祭に、あのみのりが？

「朱莉ちゃん、さすがに冗談だよね？」

「あはは、似合わないですよね。普通だったらりっちゃんも絶対参加しないですし」

朱莉ちゃんはそう苦笑しつつ、みのりが出て行ったドアの方に目を向ける。

「当然ですが、実は裏がありまして……」

朱莉ちゃんの説明によると、三年生の催し物は例年通り、クラスを跨いだ有志による合同で行われるという。

けれど、今年は催し物の規模に対して人数が足りていないようで、参加は希望していないが明らかに暇しているみのりに白羽の矢が立ったらしい。

「りっちゃんも最初はちょっと……いえ、めちゃくちゃ渋ってはいたんですけど……」

「断るのも体力が要る、とか言って折れたのか」

「まさにその通りです」

「陸上部の頃も……ああ、中学の。なんだかんだ文句言いながら、マネージャーとして一番働いてたからな」

それにしたって、文化祭なんて賑やかなもの、あいつの趣味からはかけ離れているだろうに。

「先輩、なんだか楽しそうですね？」

「いやぁ、文化祭の輪の中に投げ込まれて、居心地悪げにしてるみのりの姿を想像したら面白くって」

「人の不幸を笑うなんてサイテー」

っと、いつの間にか電話を終えてみのりが戻ってきていた。

「りっちゃん、電話大丈夫だった？」

「うん、ちょっと相談受けただけ」

「相談？」

「アタシ、オブザーバーだから」

どやっと胸を張るみのり。

なるほど、労働力としては役に立たないから頭を使ってやろうということらしい。

「ていうか、そのオブザーバー様がこんなところでサボっていいのか？」

「アタシ、オブザーバーだから」

「……？　いや、だから」

「オブザーバーって、現場にいないくせに偉そうにあれこれダメ出しする人のことでしょ」

「なんだその偏見⁉」

そうツッコむ俺も実態はよく知らないけれど、そんなやつがいたら現場からはめちゃくちゃ嫌われそうだ。トラブルが発生した時に限って連絡つかなそう（偏見）。

「それで、何の催し物をするんだ？」

「え、興味津々じゃん」

「そう言われると頷きがたいけど、興味は出るだろ」

「ふぅ～ん？」

みのりはこちらの心の中を探るようにじろじろ見てくる。

とはいえ本当にただの興味本位だ。言いたくないなら無理に聞こうなんて思わないけれど――

「ハロウィン喫茶だよ」

「……は？」

「ハロウィン喫茶。ハロウィンの雰囲気なコンセプトカフェ」

「いや、えっと……」

「知らない？　コンセプトカフェ。知らないか。おじさんだもんね」

「それは知ってるけど……」

コンセプトカフェってのは、メイドカフェに代表される、なんか独自の世界観やテーマ性を持ったカフェのこと……たぶん。

俺が高校生で文化祭に参加していた時も当然そういった催しを行うクラスや部活動は存在していたし、文化祭においては定番と言っても過言ではないだろう。

ハロウィンという題材も、なんとなくどういうものか想像はしやすいけれど——

「文化祭ってたしか九月末だよね？」

「はい」

「……時季外れすぎないか？」

念のため朱莉ちゃんにも確認した上で再度疑念を固める。

ハロウィンは幽霊や怪物に仮装して、カボチャの飾りを置いて、「トリックオアトリート」なんて言いつつお菓子をねだったりするアレだ。

その開催日時は全世界的に、毎年十月三十一日と決まっている。

お店によってはキャンペーンで何週間か前から期間限定商品などを展開するかもしれないけれど、さすがに丸々一ヶ月も前にハロウィンカフェを開くのは早すぎに思う。

「それがいいんじゃゃん。センセーショナルだって」

「そ、そういうもんなのか？」

たったひとつしか違わないはずなのに、随分感性が違う気がする。

いや、俺が特別追いつけていないだけかもしれない。昴からも度々、流行に疎いってからかわれていたし……俺って、実はつまらないやつなのでは……？

「ま、よく分かんないけど」

「お前も分かってないのかよ⁉」

「うん。他の人が言ってただけだし。アタシは面倒じゃなければ別に良いしさ」

内心、みのりも分かっていないという事実にホッとしつつ、改めて彼女らしいと思った。

飲食系の出し物はそれはそれで大変だけれど、分担の仕方によって個人の負担は大分減る。

準備期間はオブザーバーとしてあれこれ口出ししつつ、当日数時間ウエイトレスとして働けばＯＫくらいに考えているんだろう。

「でも、一ヶ月もハロウィン先取りできるなんて、なんかお得じゃないですか？」

「お、お得？」

どうやらこの企画、朱莉ちゃんにはブッ刺さっているようで、彼女はきらきらと目を輝かせていた。

「りっちゃん、私絶対に遊びに行くから！」

「うん、楽しみにしてて。頑張るのアタシじゃないけど」

そうドヤ顔で胸を張るオブザーバー様（現在サボり中）。

にしても、本当に懐かしい。そして遠い話だ。

俺は去年、文化祭には行きもしなかったけれど……今更、行けば良かったななんて後悔がこみ上げてきた。

もちろん、本当に今更な後悔ではあるのだけど——

「あ、そうだ」

そんな俺の思考を遮るように、みのりが声を上げた。

跳ねるような、何かイタズラでも思いついたかのようなその声に、妙な不穏さを感じたけれど——

「求くんも来たら？　文化祭」

「え？」

その提案は、流れ的に何もおかしくない、ごく普通のものだった。

「なに？　もっとおかしなこと言うと思った？　心外だなー」

「心外に思う前に普段の言動を振り返ってみろよ」

「普段のぉ？」

みのりはにやっと笑うと、ぐいっと距離を詰め、俺の耳元で囁いた。

「朱莉への恋心、気づかせてあげたこととか？」

「っ‼」

今それを言うのか⁉

いや、それは確かに、彼女のおかげなところも否定しきれるわけじゃないけど……

「りっちゃん？　先輩？」

「んーん、なんでもない」

朱莉ちゃんには悟らせないようすぐに俺から離れるみのり。

からかってきただけ……？　いや、わざわざあの話を持ち出してきたんだ。

何か目論見があってもおかしくない。気を抜くな、俺。

「ただ、九月末なんだから求くんもギリギリ夏休みの範囲内だと思って」

「言われてみればそうだけど……いや、でもギリギリすぎるし……」

確かに行ける。可能ではある。

ただ、俺は部活含め、特別仲の良い後輩がいるわけじゃないし、卒業した学校の文化祭に行くっていうのは、なんというか……変な恥ずかしさを覚えてしまう。

「求くんが来れば、みんな喜ぶと思うけどな～」

「どこのみんなだよ」

「あー、自覚ないんだっけ。でも、そうだよね朱莉？」

「え？　あ、うん。先輩、私達の代でも結構知られてるっていうか……はっ⁉　だ、駄目だよ、りっちゃん！」

何かに気づいた朱莉ちゃんが、慌ててみのりを止めようとする。

対する俺は全然話が見えてこなくて……別に彼女らの代と接点はないんだけどな？

「せ、先輩が来て喜ぶ人達って、つまりそういうことだよね⁉　そんなの、ピラニアが敷き詰められた池に投げ込むみたいなものだよ！」

ピラニア⁉

俺、命でも狙われているのか⁉

「そこは朱莉がしっかり守ってあげればいいじゃん。彼女なんだし」

「か、かのじょ！　たしかに私、先輩の彼女ですっ！」

「あと、チャンスじゃない？」

「ちゃんす？」

「夢だったんでしょ。文化祭デート」

「文化祭デートッ‼」

最初こそ不穏(ふおん)な比喩(ひゆ)を使いつつ渋っていた朱莉ちゃんだったが、あっという間にみのりの言葉に乗せられてしまう。

文化祭デートと言っても、俺は卒業済みだから、なんか変な感じになっちゃいそうだけど……

「したいな、先輩と文化祭デート……」

朱莉ちゃんがぽつりと呟いた。

それは、誰に向けられたものでもない、ただただ純粋な願いで――

(あ……)

ずくん、と胸が痛んだ。

俺は朱莉ちゃんの彼氏なのに、なんで後ろ向きなこと考えているんだ。

今だって貴重な時間を使って会いに来てくれているのに、俺は、何も返せないままで……もしも彼女が望んでくれているなら応えるべきじゃないか？

そりゃあ、恥ずかしいとか向こうに帰るのがギリギリになってしまうとか、そういう気持ちは拭えないけれど――

「……じゃあ、ご褒美はどうかな」

「え？」

「みのりと言ってた、ほら、過去問解くってやつ。それで合格できたら……一緒に文化祭に行こう」

「……!!」

かっと朱莉ちゃんの目が見開かれる。

「本当ですか？」と言葉ではなく目で訴えてくる彼女に、はっきりと頷き返した。

「そこは、条件なしで一緒に行ってあげるべきじゃないの？」

「うっ」

みのりからの鋭い指摘に思わず怯んでしまう。

確かに、男ならビシッと胸を叩いて決めるのがカッコイイとは俺も思うけれど——

「俺だって一応年長者で、朱莉ちゃんが後悔しないようにって考えてるんだ。それに、もしも勉強が疎かになっちゃうようなら、そもそもデートしてる場合じゃないでしょ」

「堅いな〜」

「……自分でもそう思う」

口うるさい。つまらない。そう言われたって仕方がないかもしれない。

でも、今一番やらなきゃいけないことが分かっているのに、それでも適当に誤魔化して機嫌を取ろうなんて、逆に不誠実だと思ってしまう。

「そういうところが先輩らしいです」

けれど、朱莉ちゃんは呆れたりせず、むしろ微笑んでくれた。

嬉しそうに頰をほんのり赤らめて、俺を見つめながら、彼女はしっかりと頷いた。

「分かりました。私、絶対に合格しますっ！　先輩の期待に応えてみせます‼」

「うん。頑張って！」

「はいっ！　むしろ俄然やる気が湧いてきました！　まさかこんなビッグイベントが突如現れるなんて！　こんなに勉強したくなったの人生で一番かもしれません‼」

むしろちょっと気合いが入りすぎているかもしれない。

合格は間違いないにしても、その後燃え尽きてしまわないか……いや、一度失敗した分、朱莉ちゃんだって分かっているはず。

そんな先まで口を出すのは、それこそ余計なお世話ってやつだ。

「まったく、見てるこっちが胸焼けしそう」

そんな俺達のやりとりを見守りつつ、みのりはやれやれと苦笑した。

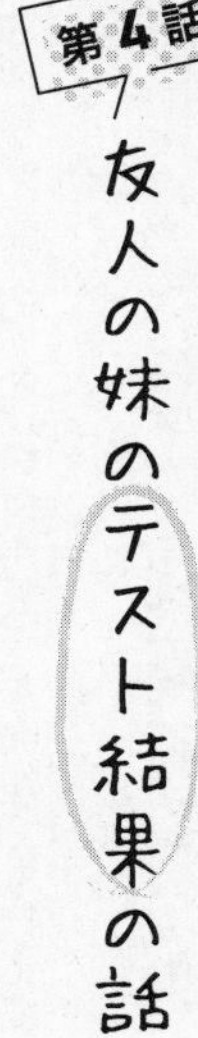

第4話 友人の妹のテスト結果の話

九月も終わりに近づくと、秋の到来を間近に感じさせるような、過ごしやすい陽気を感じられるようになった。

今日の空は学生達の祭典を祝うような青一色の快晴でありながら、気温は半袖の上に一枚羽織るくらいが丁度良いくらいで、実に過ごしやすそうだ。

「ありがたい……」

ついそう独り言を呟いたのは、年々どんどん高まる夏の暑さにうんざりしていたから……というだけじゃない。

この夏は強烈な思い出を残していった。

一人暮らしに慣れない中、迎えた夏休み。

突然家に押しかけてきた友人の妹。

彼女と充実した日々を過ごし……彼女は、俺の初めての恋人になった。

きっとこの夏のことは一生忘れられないだろう。

そして同時に――この思い出は夏と強く結びついてしまっている。

十月以降、改めて一人になって感じた寂(さび)しさは、きっと寒い時期が近づくにつれてもっと強くなっていくに違いない。

だから、その寂しさを和(やわ)らげるためにも、今日彼女と会うのは意味があって――

（……なんて、ただ会いたいだけなんだよな、俺も）

年長者だとかなんとか言いながら、初めてできた彼女に浮かれている。

当然経験したことのない感覚に、気を抜くと前後不覚になってしまいそうで、必死に冷静を保とうとしてはいるけれど上手(うま)くいっているかどうか……。

（なんか色々バレてそうなんだよな。みのりなんて無駄に鋭いし）

まぁ、そんなのも今更気にしたってしかたがない。

いよいよ今日がラストだ。朱莉(あかり)ちゃんのだけじゃなく、俺にとっての夏休みも終わりを迎える。

最初の予定だったらとっくに下宿先に戻っている頃だ。

最初は帰省を喜んでくれていた両親も次第に、まだ帰らなくて大丈夫かと気にするようになり、さらには大学に戻りたくない何か大きな問題でも抱えているんじゃないかと不審(ふしん)がりさえし始めてしまった。

まぁ、彼女とのデートのためですなんて言ったら、逆に浮かれて、家に連れてこいと言うに決まっているのだから、朱莉ちゃんが渋っている以上黙っておくしかないのだけれど。

でも、俺の方こそご両親への挨拶もいつか必要だよな。

まぁ、朱莉ちゃんと比べて俺は昴の友達として顔見知りだから……いや、その方がなんか余計に緊張しないか⁉

「……うん、今考えるのはよそう。絶対この後楽しめなくなるし」

そう確信しつつ、一旦浮かんだ考えを頭の中から振り払う。

そう、今は目の前の予定に意識を向けなければ。

でも――

「まさか、だよなぁ……」

俺は改めて、今日この後の予定を決定付けたあの日に、想いを馳せるのだった。

◇◇◇

それは、今より数日前のこと。

「…………」

みのりは、それを前に珍しく表情を驚愕一色に染め、絶句していた。

「りっちゃん？」

対し、最初は固唾を呑んで見守っていた朱莉ちゃんも次第に困惑し始める。

今みのりが見ているのは、政央学院大の過去問を解いた朱莉ちゃんの解答。

朱莉ちゃんにとっては夏の成果が出せたかどうか、そして、ご褒美のデートが与えられるかどうかの大事な試験なのだけど――

「…………」

みのりからは一向に答えが返ってこない。

「おい、みのり？……？」

そんな彼女に俺も声を掛けると、みのりは無言のまま見返してきた。

「なんだよ。も、もしかして……」

結果が振るわなかったのだろうか。

だとしたら……いや、そんなこと全然想像してなかった。

ただ、この場が地獄のように冷え切るのは間違いない。

「ちょっと、こっち来て」

対し、みのりはやっぱり合否は告げず、俺に手招きする。

そして、答えの書かれたノートと試験の正答を渡してきた。

「え、なに？」

「念のためダブルチェックして」

「ダブルチェック？　それって……」

「アタシの見間違えかもしれないから」

「お、おう。分かった」

「よ、よろしくお願いします、先輩……！」

朱莉ちゃんもみのりの態度で察したのだろう。

既に目元に薄ら(うっす)と涙を溜(た)めながら、頭を下げてくる。

当然それでノートに書かれた答えが変わるわけじゃないと知りつつ、藁(わら)にも縋(すが)りたい気持ちというのは切実に伝わってくる。

（いや、でも全然足りてないならみのりだってダブルチェックを求めてこないはず。ギリギリだったから、合格ラインギリギリだったから俺の手に委(ゆだ)ねたとも考えられるし！）

こんな状況だと、採点するだけの俺もプレッシャーを感じずにはいられない。

俺は生唾を呑みつつ、ノートへと目を落とした。

とにかく、状況を整理しよう。

今回は正解率八割を合格ラインにしていた。

なので、国語と英語が150点、世界史が100点の合計400点の内、320点以上で合格となる。

実際の試験でも、おそらくそれくらいが合格ラインになるだろう。

本番基準と考えれば、夏休みが終わった直後の時点で求めるには高いハードルかもしれない。

けれど俺は、それでも朱莉ちゃんなら越えられると思っている。

確かに模試の結果は悪くなってしまったかもしれないけれど、夏の間、ずっと一緒にいて見てきた朱莉ちゃんの姿を思えば、全然可能だって。

(大丈夫。きっとみのりの見落としだ。大丈夫、大丈……ぶ……)

朱莉ちゃんが固唾を呑んで見守る中、俺は解答と正答を見比べて——思わずみのりと同様に絶句してしまった。

「え……」

「ど、どうしたんですか⁉　そんなに壊滅的でした、私ぃ⁉」

「あ、いや、えっと……ちょっと待って」

朱莉ちゃんの悲痛な叫びを制しつつ、何度も何度も見比べる。

けれど、当然答えは変わらない。

最初から最後まで、記述解答の隅から隅まで確認して、それでも……やっぱり信じら

NOTE

れない。

みのりが俺にダブルチェックを任せてきた意味が一切誤解なく伝わってくる。

そりゃあ、誰かに任せたくなるのも分かる。俺だって託せるなら託したい。

「先輩ぃ……」

「あ、ご、ごめんっ！」

床にへたり込んで、すがるように俺の名前を呼ぶ朱莉ちゃん。

正直、目の前の結果が衝撃的すぎて忘れてしまっていた！

「えーと、なんて言ったら良いんだろう」

「ひ、ひと思いにお願いしますぅ……！」

「あ、ごめんっ！　言い方悪かったよね。えっと」

「合格か、不合格か……先輩、お願いします……！」

「ああ、それは合格」

「ごっ……⁉　え、えええええっ⁉」

朱莉ちゃんの上げた甲高い悲鳴に、身を竦ませる俺とみのり。

「ご、合格？　合格って言いました⁉　なんで、だって、明らかに駄目そうなムードだったのに！　ていうかめちゃくちゃあっさりじゃないですかっ⁉」

「いやぁ、俺もこれを見る前までは駄目なのかなって思ってたんだけど、今となっては合格不合格で悩むのも馬鹿馬鹿しいっていうか」

「それが目的ですよね⁉」

　そう、合格不合格こそ最も重要だったはずなんだけど、この解答を目の前にした今となってはあまりに失礼な話だ。

「いや、さすがは朱莉ちゃんと言うべきか、本当にうちの大学志望してていいのって言うべきか……」

「ど、どういう意味ですか？」

「朱莉ちゃん、三教科とも満点だったんだよ」

「……え？」

　朱莉ちゃんが目を丸くする。

　記述問題も含めて要点を全て押さえた文句なしのパーフェクト。

　あまりに完璧すぎて目を疑ったのも仕方がないだろう。

「朱莉、駄目って言ったのに過去問調べてた？」

「調べてないよっ⁉　ちゃんと初めましてで解いたよぉ！　と、解きましたってば！」

「一応、過去問の中でも特に平均点低かったっていう年を選んだはずなんだけど」

　それはそれで酷いことやってるな、こいつ。

　しれっと言っているけど、たぶん、どっちに転んでも面白いからとか思ってたんだろうな……

「と、とにかくですよ！　合格なんですよね！　満点かどうかより、私にはそれが一番大事なんですから！」

「それはもちろん。だよな？」

念のため今回のテストを仕切っているみのりにも聞くと、彼女もコクコクと首を縦に振って応えた。

「じゃあ……文化祭デートも！」

「うん、もちろん」

「やったー！　やったー‼　やったぁ――――‼」

万歳三唱ならぬ、やったー三唱。

その場でぴょんぴょん跳ねて、全身で喜びを表現する朱莉ちゃんに自然とほっこりした気持ちになる。

「よかったね、朱莉。念願の文化祭デートが叶って」

「うんっ！」

「求くんもきっと制服を着てくれるよ」

「着ないから！」

それは断固として拒否させていただく。

いや、朱莉ちゃん、少し残念みたいな顔しないで。

俺が着たら学生服はただのコスプレ。俺を知っている後輩が見れば痛々しさに渋面を浮かべつつ、即刻OBOGへと拡散されるだろう。最悪、不審者扱いされて警察沙汰だ。

（うん。ない。考える余地もなく、ない）

きっと物持ちの良い両親のことだから制服は大事に取ってあるだろうけど……その存在は決してこの二人には漏らさないようにしよう。うん。

「でも、本当にホッとしました。なにせ模試が酷かったのがトラウマで……何度か夢にも見たくらいでしたから」

「そういえばさ、朱莉、悪いってのは言ってたけど、肝心の結果見せてくれてなかったよね」

「え！　だって恥ずかしいし……」

「……………」

みのりはじとーっとした目を朱莉ちゃんに向ける。

言いたいことは俺にも分かった。

即ち、「過去問でこんなに点数取れるのに、本当に模試は悪かったのか？」だ。

「う……ほ、本当だよ⁉　ほら、ここにちゃんと証拠があるもん！」

朱莉ちゃんはそう言って、スクールバッグから大きな封筒を取り出した。

「まさか、いつも鞄に入れてたの？」

「はい、もう二度とこんな結果は取らないという誓いを込めまして！」

「な、なるほど」

直視するのもつらいだろうに、随分ストイックだ。

これは完全に邪推だったかもな……と思いつつ、みのりと共に模試の結果を拝見し――

「…………」

「う、うう。そんなマジマジ見ないでぇ……」

いや、なんか恥ずかしそうにしてらっしゃいますけど……。

「朱莉、これ、判定Bって書いてあるけど」

「うん……」

「いやさ、これってAからEの五段階だよね。上から二番目のBだよね」

「うん……」

「全然悪い結果じゃないじゃん」

言った！　言い切った！

正直この時期のB判定は全然悪くないと思う。

むしろ第一志望であれば、年明けの試験に向けてしっかり判定を上げていこうとモチベーションに繫がるんじゃないだろうか。

「でも、ずっとA判定だったんだよ⁉　それに、A判定でも合格率は80%、B判定だと60%っていうし……！」

「確かにそうだけれど、この時期じゃB判定でも十分だと思うよ？」

「でも万が一を考えると……ていうか、そもそもA判定でさえも80%なんですよ⁉　それって20%で駄目かもってことですし、それでも全然安心できないのに……！」

それはちょっとネガティブすぎじゃ……と思ったけれど、でも、朱莉ちゃんの「絶対に合格したい」って気持ちは嫌って程伝わってくる。

事実、受験に絶対はない。試験当日までに積み上げてきた模試の結果や勉強時間は加味されないんだ。

朱莉ちゃんが絶望して落ち込んでいたのは、俺達の考えるものよりずっと高いレベルでの話だったけれど、気持ちを切ったり変に楽観するより、彼女のような考え方の方が正しいかもしれない。

（でも、そんなんじゃずっと気を張り詰めなきゃいけなくなっちゃうよな……）

受験戦争はまだまだ続く……合格が決まるその日まで、朱莉ちゃんはプレッシャーから解放されないのかもしれない。

けれど、少なくとも今日は、みのりの課した試験に合格したんだ。

(せめてそのご褒美の日ぐらい、そんなことは忘れて楽しませてあげたいな)

俺はそう思いつつ、密かに気合いを入れた。

……というわけで、俺は今日、ざっくり半年ぶりに母校である明立高校の前までやってきていた。

とはいえ母校の懐かしさに浸れる感じではない。

校門から向こうは年に一度の文化祭用にしっかり校舎がドレスアップされていて、新鮮味が勝つ。

当然毎年作り直されるから見たことなんてないしな。

今は午前十時半。つい先ほど開場したばかりで、今もお客さんが続々と場内に吸い込まれていっている。

俺は……まぁ、一旦様子見ってところだ。

(一応、朱莉ちゃんから待ち合わせの連絡が来るんだよな?)

スマホを見ると、まだ通知は入ってこない。

開場はしているものの、まだ体育館で在校生向けのオープニングアクトが行われているはず。

そっちに夢中になっていれば連絡が来ないのも当然か。

「とりあえず……先入って適当にぶらついてようかな？」

ここでただじっと待っていても、「待たせてしまった」と思わせちゃうだろうし、先に面白そうな出し物に当たりをつけておくのもいいだろう。

とりあえず入口でパンフレットを貰い、真っ先にみのりのいる三年生合同の出し物をチェック。

「……本当にハロウィン喫茶って書いてある」

正直ここまで半信半疑だったけれど……なるほど。

こうして他の出し物と並べてみると意外と悪くない。

自由な学生っぽさもありつつ、突飛すぎない。

よく目立ちながらも悪目立ちではない。

とりあえず足を運んでみるか、という候補くらいにはなりそうだ。

(もしも意図的にやってるなら……さすがオブザーバーと言うべきなのか？)

偶然の可能性もあるけれど、ちょっと行くのが楽しみになってきた。

「へぇ、ちゃんと陸上部も出店やってるんだな」

古巣の名前を見つけてちょっと懐かしい気分になる。

いや、陸上部だけじゃないか。

現役高校生だった頃は、昴たちとどこをどう回れば文化祭を最大限楽しめるか、パンフレットとにらめっこしながら悩みに悩んだものだ。

なんて、案外パンフレットを読むだけでも夢中になっている内に、気が付けば学生達の姿が増えていた。

オープニングアクトが終わったんだろうか……と、思っていると、ちょうどスマホが震えた。

『遅くなりすみません！　今どこでしょうか？』

思わず夢中になってしまっていたんだろう。

ちょっと焦ったような文面に微笑みつつ、返信するのだった。

「お、お待たせしました……！」
返信し、昇降口で待つこと数分、朱莉ちゃんが駆け足でやってきた。
相当急いだんだろう、随分と息が荒い。
「別に走らなくても良かったのに」

「いえ……先輩を一人にしておくのは、ピラニアの敷き詰められた池に放しておくようなものですから……」

「好きだね、そのたとえ」

別に誰に襲われるとかないのに。

そりゃあ学生じゃない外部からの来場者だからか、少し視線を感じなくもないけれど。

「……先輩は鈍感なので信用できません」

「へっ⁉」

「ほらほら、一カ所に留まってたら余計目立っちゃいますから移動しましょう」

「何かの潜入任務なの？」

とりあえず朱莉ちゃんに押されるまま歩き出す。

ちなみに、当然朱莉ちゃんはセーラー服姿だ。

随分見慣れた格好ではあるけれど、こうして高校の中を一緒に歩いていると背徳感を余計に感じてしまう。

やっぱり視線を集めてしまっているようだし……って⁉

（すれ違う男子、みんな朱莉ちゃんに見とれてないか⁉）

制服を着た在校生、他校から来ているっぽい私服の来場者問わず、足を止めて朱莉ちゃんの方を見ていた。

まるで彼女にだけスポットライトが当たっているかのように、思わず見とれてしまったという感じで……いや、同じ男子として気持ちは分かるけれど。

一緒にいる時間が増えて、随分慣れたとはいえ、改めるまでもなく朱莉ちゃんは超絶がつく美少女だ。

容姿もさることながら、その所作のひとつひとつだって実に絵になる。

ポーズを決めなくても毎秒がベストショットみたいな……って褒め方気持ち悪いか？

でもとにかく、もしも彼女が同級生にいたら、もしも彼女が昴の妹じゃなければ……もしかしたら俺も彼らのように遠くからただ見とれて、一方的に憧れていたかもしれない。

「先輩？　どうかされましたか？」

「あ、いや……」

「はっ⁉　もしかして髪にゴミでもついてますか⁉」

あわあわ、と慌てて手で髪を整える朱莉ちゃん。

たったこれだけで、耳まで真っ赤にしてしまって……遠くに離れようとしていた彼女が一瞬で傍に戻ってきた気がした。

「先輩、まだついていてたら……その、取ってもらえませんか……？」

「え」

別に変なことを言われたわけじゃないのに、思わず足を止めてしまった。

髪についたゴミを取るってことは、彼女の髪に触れるってことで……こんな視線を集めてる状況なのに⁉

（そもそも見られてるの、朱莉ちゃんだけじゃないんだよなぁ……）

誰もが朱莉ちゃんを見て足を止め、次に隣の俺を見る。

制服を着ていない部外者で、でも他人じゃありえない距離で並んで歩いている明らかな知り合いだ。

その上髪に触りでもしたら、いかにも特別な関係ですって周りにアピールしているみたいになってしまう。

（いや、まぁ、特別な関係と言えばその通りなんだけど……）

でもこんなところでそれが露見してしまうのは、あまり良くないだろう。

それこそ朱莉ちゃんの今後の学生生活を思えば……。

「だ、大丈夫。さっきので落ちたよ」

「そうですか？　すみません、見苦しいものをお見せして」

「見苦しいなんて、全然！」

というかもともとゴミなんかついてなかったし。

でも、本当に今更、文化祭デートの抱えるリスクについて理解できた気がする。

ここでの振る舞いが、朱莉ちゃんの残り少ない学園生活に影響してくるんだよな……

本人が望んでのこととはいえ、責任重大では……⁉

なんだか妙なプレッシャーに、俺は少しばかり胃がきりきりする錯覚を覚えるのだった。

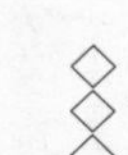

早速ではあるが、俺達は三年生合同の出し物、『ハロウィン喫茶』へ向かうことになった。

どうやらみのりのシフトは文化祭が始まってすぐらしい。

思うに、顔の良いみのりを早々に表に立たせ、評判を広めてしまおうという作戦なんだろう。

みのり自身、面倒事は先にさっさとすませてしまうタイプだから都合が良いだろうし。

どこかのオブザーバー様はそれなりながら真面目にやっているのかもしれない。

「ええと、ハロウィン喫茶は六階ですね。随分端っこ……」

「まぁ、どうしたって主役は一年と二年だからね」

世知辛い話ではあるが、三年生の参加者だって承知の上だろう。

ただ、飲食系となると、運動部などが出しているグラウンドでの出店群が最も目立つ。

逆に校舎内で、しかも階が上の方になってしまうものほど存在感が薄れてしまうものだ。

宣伝なしでの集客は非常に不利……であれば、余計に評判・口コミによる集客が重要になってくる。

「なんとか応援できればですけど……」

「とりあえず行ってみてからじゃない？」

「ですね。もう繁盛してるかもですし！」

そんな会話をしつつ六階へ。

当然のことながら、階を上るごとにお客さんの数は減っていく。

そして六階は当然ながら……パッと見た感じ、少なくとも廊下に行列の類いはなかった。

「あ、先輩。あそこですよ！　看板出てます！」

そんな閑散とした様子を気にせず、朱莉ちゃんはハロウィン喫茶の看板を見つけると小走りで駆けていく。

そんな彼女にワンテンポ遅れつつもついていくと……なるほど。

どことなくダークな雰囲気の装飾。それらしいカボチャの置物。

黒とオレンジのカラーリングは確かにハロウィンらしさを感じさせる。

そんな案外本気な装飾に見とれていると、ちょうど呼び込み担当らしいメイド服の女の子が廊下に出てきた。

「あれ？　宮前さん？」

「あ、木下さん！　おはよっ」

顔見知りらしく、朱莉ちゃんが笑顔で挨拶を交わす。

「もしかして遊びに来てくれたの？」

「うん。りっちゃんからお呼ばれしたっていうのもあるし」

「ありがとーっ！　ちょうど客引きとかしなくちゃねって言ってたところで……って、あれ？　お連れの方も？」

そこで木下さんは俺に気が付いたらしい。

軽く会釈すると、彼女は目を丸くして、固まって——あっ、と声を上げた。

「もしかして、あの白木先輩⁉」

（……あの？）

妙な言葉が頭についた気がする。

というか、この子はどうやら俺を知っているらしい。俺は……駄目だ。思い出せない。

「ということは、宮前さんのお兄さんも……？」

「あっ、えと、お兄ちゃんはいなくて……今日は先輩と私の二人なんだ」

「そうなの⁉　すご！」

「ええと……？」

話が全然見えてこない。

なんか通じ合ってはいるみたいだけど——

「あ、いらっしゃい。朱莉、求くん」

さっそく妙な居心地の悪さに固まっていると、教室からみのりが出てきた。

状況が状況だからか、救世主に見える……！

「りっちゃん！　……って、まだ制服？」

「うん。これから着替えるけど」

「もしかして準備中だった？　だったら、全然待つけど」

「ううん、大丈夫。それじゃ木下さん。二人はアタシが案内するから」

「あっ、了解！」

びしっと敬礼のポーズを取る木下さん。

彼女はハロウィン喫茶の手持ち看板を担ぎつつ、パッと俺の方を振り返る。

「あの、白木先輩。あたし、木下夏実っていいます！」

「木下夏実、ちゃん。ええと……よろしく？」

「はい！　よろしくお願いします！　どうぞ、ごゆっくり！」

木下さんは勢いよく頭を下げ、そして駆け足で去っていった。

なんだったんだろう……と思っていると、二つのじとっとした視線を感じた。

朱莉ちゃんとみのりからだ。

「えっと、なに？」

「……別に」

「相変わらずだね、求くん」

「へ？」

何か怒らせたり、呆れられたりするようなことをしただろうか。

全然分からず、俺はただ戸惑うしかなかった。

「まぁ、入って。まだオープンしたばかりで他のお客さんいないし」

「うんっ！」

「あ。朱莉はアタシとこっちね。求くんはごゆっくり」

「へ？　ちょ、りっちゃん⁉」

みのりはそう言って、朱莉ちゃんの手を引っ張って行ってしまう。

「えーっと……？」

「し、白木先輩！　こちら、どうぞ！」

「あ、うん。ありがとう」

ウエイトレスの、今度はキョンシーみたいな仮装をした子が、席まで案内してくれた。

他の客がいないって、もしかしたら俺達が最初のお客さんって意味なんだろうか。

店内のそれぞれ仮装をした生徒の子達がみんな緊張の面持ちを浮かべつつ、一切遠慮なく不躾な視線を俺に向けてきていた。男女問わず。

(そこはかとなく、居心地が悪い……!)

朱莉ちゃんもいなくなっちゃったし、三年生ということもあってわずかに見覚えのある子もちらほらいるにはいるんだけれど、仮装のせいで絶妙に思い出せない。

多少以上に関わりのある下級生なんて部活の繋がりくらいで、推薦が取れるような部じゃないからほとんど受験か就活かに勤しんでいるだろうし……。

「ご、ご注文はいかがしましょうか！」

「えっと、じゃあ……コーヒーを一杯」

「かしゅ、かしこまりました！」

思い切り噛みつつ、キョンシーちゃん(仮名)が去って行く。

けれど、視線はやっぱり一身に浴びせられていて――

(き、気まずい……！)

針のむしろになりながら、俺は一刻も早く朱莉ちゃんなりみのりなりが帰ってくるのを祈るのだった。

りっちゃんに連れられてきたのはハロウィン喫茶が行われているのと隣の教室だった。

先輩は普通に案内されたみたいだけれど……し、心配だ。

だって、先輩は有名人だから！

私が一年生の時、ひょんなことで一学年上に私の兄がいるという話が広まったことがあった。

それで友達の何人かが二年生の教室を覗きに行って……帰ってくるなり口を揃えて言うのだ。

「なんか、カッコイイ先輩いた！」

私はそれがすぐに先輩——白木求先輩のことだって分かった。

兄もまぁ、顔はいいって褒められることがあるみたいだけれど、ちょっとバカっぽいオーラが出ているというか……イケメン風って言うんだろうか。

けれど、先輩は違う！

遠目で見ただけでも分かる優しげな雰囲気。可愛い笑顔。落ち着く声色。

挙げればキリがない……まぁ多少ひいき目が入っているかもしれないけれど、実際、事実としてそうなのだから仕方がない。

（私としては誇らしいけれど、嬉しくなさもあったりして……）

先輩が魅力的であればあるほど、ライバルが増えるということ。

……なんて、先輩は鈍感だから全然気が付かないみたいだけど。

（も、もちろん今は私が！　この私こそが！　先輩の彼女っ‼　……なんだけど）

今でもしょっちゅう不安になる。

先輩と付き合えているって奇跡が、ちょっと長いだけの夢なんじゃないかって。

不意に夢から覚めたら、先輩が当たり前に遠くにいるんじゃないかって……だから、おはようってラインして、返事を待って、それで、おはようって先輩が言ってくれて、夢じゃないんだってホッとする。

本当はもっと一緒にいたい。いつだって傍にいて欲しい。

受験が終わるまでの数ヶ月だって、永遠みたいに遠く感じてしまう。

模試の点数が悪かったのも、きっと焦りからだったんだろうなぁ……受けたときにはまだ先輩と付き合えてなかったし。

「はぁ……」

「でかい溜息だね」

「あ、ごめん。りっちゃん」

「謝らなくていいから。早くそれに着替えて」

「うん…………って、ええっ⁉　なにこれ、いつの間に⁉」

私はいつの間にか、真っ黒い布――いや、服を持たされていた⁉

そんな私の反応を気にもとめず、りっちゃんは制服を脱ぎ始める――って、そっちも、ええっ⁉

「りっちゃん、なにやってるの⁉」

「いやいや、着替えでしょ。ああ、この教室、ちゃんと女子の着替え用で押さえてるから安心して」

「着替えって……」

「ハロウィン喫茶なんだから仮装しなきゃでしょ。ほら、朱莉も」

「私も⁉」

ということは、この黒い服は私の衣装ってこと⁉

「聞いてないよ⁉」

「言ってなかったもん」

りっちゃんは当然みたいに頷きつつ、自身のブラジャーまでも脱いでいた。

「わわわっ⁉」

「アタシの衣装、やけに肌面積広めなんだよね。似合うからって言われたけど、ちょっと落ち着かないかも」

　そう言いつつ、りっちゃんはパッドのついたモコモコの衣装を胸につける……って、ちょっと肌面積広めっていうか、完全に下着くらいしか胸覆ってないんですけど⁉

「どう？　似合ってる？」

「似合ってるかと言えばめちゃくちゃ似合ってるけど！」

「うん、たまにはこういうコスプレってのも悪くないかも」

　りっちゃんは意外とノリノリで、自撮りまでしている。

　元々オシャレ好きだけど、こういうコスプレも守備範囲内だったんだ……。

「ほら、朱莉」

「む、無理だよぉ！　私、りっちゃんみたいにスタイル良くないし」

「いや、十分いいでしょ。それに、朱莉のはアタシのとは違う奴だし。あっ、もしかしてこれが良かった？」

「良くない良くない！」

　りっちゃんのモコモコ布（暫定呼び）に比べれば、私の真っ黒布（全貌不明）のほうがまだマシに見える。

「ていうか、私参加者じゃないのに仮装なんてしちゃっていいの？」

「いいよ。朱莉にはコスプレしたまま文化祭を楽しんでもらって、このハロウィン喫茶の存在を周知する広告塔になってもらうから」

「私、コスプレしたまま文化祭回るの⁉」

「うん。ちなみに周知と羞恥がかかってる。ふふっ」

「いや、ドヤ顔してるけど」

しっかりブイサインまで作るりっちゃん。

これがオブザーバーとして、ハロウィン喫茶を盛り上げるために立てた、りっちゃんの作戦らしい。

「それに、求くんに可愛いところ見てもらいたいでしょ？」

「うっ‼」

「周りには仮装した魅力的なJKたち。目の前にいつもの朱莉がいたって、求くんの視線は他の子に移っちゃうよね？」

「それは、そうかも……」

りっちゃんが耳に吐息が触れるくらいの距離で囁いてくる。

でもこれは悪魔の囁きだ。

だって……隠す気なくニヤニヤしてるもん、りっちゃん！

「なんだったら、アタシが誘惑しちゃってもいいけど？」

「り、りっちゃんが⁉」

改めてりっちゃんの姿を見る。

下半身はまだ制服のスカート姿だけど、上半身は……モコモコ布だけ！

元々りっちゃんってスタイル抜群だけど、モコモコ布が合わさってすっごくセクシーになってる。

腰のくびれはきゅっとしてモデルさんみたいだし、形が崩れないようにだと思うけどパッドが入っていた分、胸にもしっかりくっきり谷間ができてて、膨らんでて……こんなの誰だって誘惑されちゃうよ⁉

「……着る。わ、私も着るっ！　この黒いやつ‼」

さすがにりっちゃんのモコモコ布を着て文化祭を闊歩する勇気はないけれど、この真っ黒布の方なら、着れる！　布面積広めだし！

そりゃあ、セクシーりっちゃんには敵わないかもしれないけれど、非日常な仮装に彼女補正で先輩だって多少は私を見てくれるはず‼

「どうか、全身タイツみたいなギャグ路線の衣装じゃありませんようにっ！」

「アタシをどんな鬼畜だと思ってるの？」

りっちゃんの冷静なツッコミを聞きつつ、私はおそるおそる真っ黒布の全貌を明らかにし――

「こ、これは⁉」

思わず、カッと目を見開いた！

ハロウィン喫茶に来て、十分ほどがたった。

「せ、先輩、コーヒーのおかわりいかがですか？」

「ううん、大丈夫。ありがとう」

「白木先輩、肩、揉みましょうか⁉」

「い、いや、それも大丈夫」

……気まずい。

店員を務める女子達が積極的に話しかけてきてくれるのだけど、なんかすごくぎこちなくて気を遣ってくれているのが伝わってくる。

でもそのおかげでとにかく気まずいというか……いや、俺も話を膨らませられなくて申し訳ないんだけど。

（早く戻ってきてくれないかな、二人とも……）

もう何度目か分からないけれど、そう祈ってしまう。

せめて男子相手だったらもっと話しやすいのだけれど、男子はみんな遠巻きにしていて、話しかけてくるのはなぜか女子ばかり。

そしてそんな男子達も次第に客引きのため駆り出され始めて……いつの間にか教室から姿を消してしまっていた。

完全アウェイである。

「そういえば、白木先輩」

「あ、うん。なに？」

「今日は宮前さんと一緒にいらっしゃいましたよね」

「……？　う、うん」

「宮前さんとどういう関係なんですか？」

（……!!）

思わず飲んでいたコーヒーを吹き出しそうになるのを、なんとかぐっと堪えた。

もしも俺が彼女達側だったら当然気になる話なので、いつかは聞かれると思っていたけれど……あまりに突然でド直球な聞かれ方だったものだから心の準備ができていなかった。

（……いや、でも、大丈夫）

心臓はバクンバクン言ってるし、唾液だかコーヒーだかが気管に入ってむせかえりそうだけれど、なんとか対外的には平静を保てている、はず。

そんなわけで、俺は呼吸を整える間はないものの平静を保ちつつ、意識的に爽やかな笑みを浮かべて答えた。

「彼女のお兄さんと友達なんだ。大学も休みだし、一緒に行ったらどうかって言われてね」

嘘じゃない。ギリギリ。

昴とは友達だ。それに、一緒に行ったらとも言われたし……みのりにだけど。

まぁ、彼女達には昴から言われたように聞こえたかもしれない。

なんにせよ、朱莉ちゃんと付き合っていることは一旦伏せることにした。

考えすぎとも思うけれど、俺と……というより大学生と付き合っていると知られて、それがきっかけで無用なトラブルに発展するってこともないとは言えない。

これで上手く納得してくれればいいんだけれど——

「あ、あのぉ……もうひとつ聞いても良いですか？」

「ん、なに？」

きた、追及！

どんなことを聞かれるか身構えつつ、俺は笑顔を崩さずに頷く。

彼女はそんな俺に対し、遠慮がちに視線を少し彷徨わせつつ、おずおずと聞いてきた。

「その……桜井さんとも仲が良いんでしょうか？」

「え、みのり？」

話の流れ的にも絶対朱莉ちゃんのことを聞かれると思ってた俺にとって、完全に不意打ちな質問だった。

そして、すぐに気づく。

（あれ、俺今……）

「……先輩、みのりって言った？」

「うそ、まさか桜井さんと⁉」

仲間内だけのぼそぼそ声ではあるが、確かにそう話しているのが聞こえた。

しまった。うっかりにもほどがある！

「あ、いや、今のは……」

「あ〜、そっかぁ。桜井さんと……でも、案外お似合いかも？」

「絵に描いたような美男美女だもん。妬くのもばかばかしいよね〜」

ああっ、あっという間に話が膨らんでしまっている⁉

この年代の女子にとって恋バナは何よりも大好物。

どうやら俺や朱莉ちゃん、みのりはそんな彼女達にとって格好の餌だったらしい。

（まさか朱莉ちゃんの言っていた『ピラニア』を実感することになるなんて……って、そんな感慨に浸（ひた）ってる場合じゃない！）

俺とみのりが付き合っているなんて誤解、すぐに解かないと！

「いや、俺とあいつはそういう関係じゃなくて、同じ中学だったってだけだよ！」

「えー？　でも、同中ってだけで名前で呼んだりしますぅ？」

「しかもあの桜井さんですよ！　男子からの名前呼びなんて絶対に許さないのに！」

「ねー！」

だ、駄目だ。全く手応えがない。

そりゃあ付き合ってませんより、付き合ってますの方が面白いんだろうけど……いや、諦（あきら）めるな俺！

「部活も同じだったんだ。それで話す機会が多くて」

「え、先輩と同じ部活ってことは陸上部ですか？」

「うん」

「へー、白木先輩って中学も陸上部だったんですね！」

「そりゃそうだよ。うちの陸上部ってパッとしないけど、白木先輩だけ目立ってたもん！」

「分かるー。なんでうちにいるんだって感じで」

は、話が逸れていく……⁉

俺の話も聞いてくれているんだけれど、すぐさま激流に流されてしまう。

そもそも俺に、こんな数的不利を覆せるほどの力なんか——

「なんか盛り上がってる？」

「あっ、桜井さん！」

生け贄追加ぁ⁉

ハロウィン喫茶にのこのこ現れた哀れな子ウサギ、桜井みのりの登場に場内はさらに
沸き立……ち……。

「ん、なに」

いつも通りの無気力な目を向けてくるみのり。

けれど、そんな彼女に俺や女子達はただただ絶句していた。

その、彼女の出で立ちに。

「ああ、これ？　我ながら似合ってると思うんだけど」

みのりは自慢げにその場でくるっと回る。

同時にモコモコの尻尾と耳が揺れて、それに胸も……って！

「な、なんだ、その格好……⁉」

「んー、猫オオカミ娘的な？」

「なんじゃそりゃ……」

みのりの仮装はシンプルだった。

動物の体毛みたいにモコモコしたビキニスタイルのトップスとボトムス。

それに猫の足みたいなグローブと靴と、猫耳のようなカチューシャ——以上だ。

明らかなコスプレではあるけれど、とにかく露出が大きい。

ここが海水浴場でないと成立しないくらいの露出だけれど、当然ここはハロウィン喫茶の装飾がなされた教室なわけで……なんというか妙な背徳感がある。

そして、そんな無駄を一切省いた必要最低限だけを覆う仮装は、みのりの持つポテンシャルを存分に引き出していた。

それこそ、同性である女子達も見とれてしまう程に。

「やっぱり桜井さんキレー……」

「絶対似合うって思ったもん」

「こりゃ男子全員ハケてて良かったわ〜」

思い切り見とれたり、なぜかドヤ顔したり、ホッとしたり。

そんな思い思いなリアクションをとる女生徒達だけれど、どうやら全員に共通して、みのりは一目置かれているらしい。

「てかさ、アタシのことはいいとして、何盛り上がってたの？」

「あ……」

「そうそう、その話！」

何も知らないみのりがあっさり話題を戻してしまった。

いや、うやむやにしたらマズそうな話題だ。戻って良かったとも思うべきかもだけれど……

「ねぇねぇ、桜井さんって、白木先輩と付き合ってるの⁉」

「……は？」

みのりが俺に、絶対零度の瞳（ひとみ）を向けてくる。

何が一体どうなっているのか、説明を求めてきているのは分かるけれど、残念ながらこの場の俺に発言権なんかない。

「この人がそう言ったの？」

「ううん、そういうわけじゃないけど。でも、なんか仲良い感じだし？」

「同じ中学で、しかも同じ部活だったんでしょ！」

「………」

そんなことまで話したの、と視線で訴（うった）えてくる……！

（流れ的に仕方なく……！）

と、目で訴え返してみる。

正しく伝わったかは分からないけれど、情けないものを見るような視線が返ってきた。

「この人もそうだって言ったわけ？」

「ええと、先輩も違うとは言ってるけど、でも……」

「じゃあ答え出てるじゃん」

ズバッとした物言いに、さっきまでワキャワキャしていた女子達がしゅんとしてしまう。

「まったく……ちゃんと否定しなよ」

「わ、悪い」

みのりはこういう時一切遠慮しないから、口当たりの厳しい言い方になってしまうけれど、そもそも俺がちゃんと説明できなかったから招いたことだ。

彼女の言うとおり、俺の問題として反省しないと。

「ま、確かに同じ中学で同じ部活だったし、仲はいいけどね」

「だ、だよね！　だって、桜井さんが男子と仲良くしてるなんて聞いたことなかったし！」

「だから特別な相手なのかなって……ごめんね、桜井さん」

「謝んなくていいよ。悪いのは全部この人だから」

「全部⁉」

「そ。みんなに勘違いさせたのも、地球温暖化も、なにもかも」

ドヤ顔でとんでもないことまで押しつけてくるみのり。

「じゃあお前がそんな格好できてるのも俺が地球を温かくしたおかげか？」

「はぁ？　なんかやらしいこと考えてない？　へんたい」

「なんでそうなるんだよ⁉」

こんな状況でも、ほんのちょっとジャブを返しただけでものすごいボディブローが返ってくる。

相変わらずな容赦のない口撃に苦笑していると、女子達の驚いたような視線に気が付く。

「やっぱり……そうだよね？」

「うん。こんな楽しそうな桜井さん、宮前さんの前くらいでしか見ないし」

「付き合ってないって言ってるけどさぁ……」

ぼそぼそと身内だけでの内緒話だけど、ばっちり聞こえてしまう。

そういえば、朱莉ちゃんからも指摘されたけれど……やっぱり、俺とみのりの距離感ってそう見えてしまうんだろうか。

不安になってついみのりを見ると――なぜかこのタイミングで、みのりは退屈そうに自身の枝毛を探していた。なんだコイツ。

「……あ。ていうか、朱莉呼び込むって言ってたの忘れてた」

そして思い出したようにそう言って、入口の方へ目を向ける。

「朱莉ー、入ってきていいよー」

どうやらみのりに呼ばれるのを待って、外で待ちぼうけを喰らっていたらしい。

力なく、ゆっくり扉が開き、朱莉ちゃん……が……。

「りっちゃん……遅い……」

「ごめんごめん。つい盛り上がっちゃって」

「え？　盛り上がったって……」

「わぁ！　宮前さん、すっごく可愛い！」

「めっっっっちゃ似合ってる‼」

「写メ撮っていい⁉　写メ‼」

「えっ⁉　わっ！　ちょっと、みんな⁉」

すぐに女子達が群がって隠れてしまったけれど……してたな、仮装。

今も女子の壁越しで、三角にとんがった帽子の先が見える。

みのりのような奇抜な格好じゃなくて、もっとオーソドックスというか、でもハロウィンっぽくて——

「いいの？　近くに行って見なくて」

「そりゃあ気になるけど……って、店員がテーブルに座るな」

一人傍に残っていたみのりがからかうように声をかけてきた。

彼女が普段と違う仮装をしているっていうなら見たいに決まってる。

けれど、がっつけるほど素直な性格もしていなくて——

「……朱莉ちゃんは学校でもああいうキャラなのか？」

情けなくも、話題を逸らしてしまう。

「キャラ？」

「お前と一緒の時みたいな……愛されキャラみたいな？」

「ま、可愛がられてはいるよね。一部からは」

「一部？」

「ああ見えてっていうか、求くんも目の当たりにしたと思うけど、朱莉って超超超ハイスペックなんだよね。勉強も一番だし、運動もそこそこ。体力は微妙だけど」

「あー……」

「先生達からもすっごく信頼されてて、人気もあって、いっぱい告白されて」

「…………」

「ははぁん、嫉妬した？」

あからさまな餌には食いつかない。

俺は視線を逸らし、次の言葉を待つ態勢を取る。

「ちぇっ」

みのりがつまらなそうに溜息を吐くが、無視だ、無視！

「まぁ、とにかくさ。あまりにハイスペックすぎる朱莉に、腰が引けちゃうってのも多いよね」

「あー……ちょっと分かる気がするな」

「それに朱莉も、ああ見えてカッコつけなところあるから」

「カッコつけ？」

「必要以上に背伸びしたり、ご機嫌ようって言い出しそうな澄ました顔したり」

「なるほどなぁ……」

朱莉ちゃんが俺の家に来た最初の頃とか、そんな印象だったよな。

いや、頑張ってるって思ったわけじゃなくて、育ちの良いお嬢様みたいだなぁと感じたという話。

あの頃は、朱莉ちゃんのこと、そういう子だって思ってたもんな。

ちゃんと話して相手のことを知ろうとしなければ本当の姿ってのも見えてこないものだ。

「ま、朱莉はメッキで隠すには色々ガバガバだけどね。そういうとこが面白いんだよね」

「りっちゃん～！」

「あ、逃げてきた」

女子達の包囲網を抜け出し、朱莉ちゃんが涙目で駆けてくる。

その姿はさながら、おとぎ話に出てくるような魔女だ。

とはいえ、おどろおどろしさは一切ない。

真っ黒なとんがり帽子、真っ黒なローブに身を包み……そうだな、まだ見習いの魔女っ子ってところか。

幼くて、未熟で、まだ衣装に着られている感じ……うん、可愛い。

「ほら、朱莉。求くんが見てるよ」

「っ！　しぇ、先輩……」

かあっ、と真っ赤になる朱莉ちゃん。

みのりに甘えているところを見られたからか、単純に仮装姿が恥ずかしいからか……いや、どっちもかな。

「よく似合ってるよ」

「う、嬉しくないですぅ！　なんか、子どもっぽいですし！」

正直に褒めたんだけど、本人的には不服らしい。

「そんなことないよ、朱莉」

「りっちゃんに言われると嫌味にしか聞こえないんですけど！」

「でも着たくないって言ったじゃん」

「そうですけどぉ……！」

しょぼんと肩を落とす朱莉ちゃん。

「せめてもう五年若ければ成立したかもしれないけど……はっ！　これで文化祭歩くの、私⁉」

「え、そうなの？」

「あー、求くんは知らなかったね。朱莉には仮装したまま校内を回ってハロウィン喫茶に人を呼び込んでもらう広告塔になってもらうって話」

「広告になんかなれないよ⁉　ただのイタい子だって思われちゃうよ！」

「そんなことないない。ね」

みのりが目配せをすると、女子達も深々と頷く。

そして俺も、今回ばかりはみのりに同意見だ。

確かにコンセプトは少し幼く感じられるかもしれないけれど、素材があまりに良すぎる。

男女問わず、すれ違えば彼女の姿は目にとめるだろうし、何なのか気になるだろう。

とはいえ、魔女っ子の姿をハロウィン喫茶と結びつけられるかどうかは――

「あとはこれを首から下げてもらえばオッケーだから」

当然対策ずみみたいだ。

ハロウィン喫茶の名前と場所を記載した小さな看板をゼッケン番号のごとく首から下げれば、朱莉ちゃんが一々宣伝する必要もない。

「うぅ〜〜〜‼」

非参加者に宣伝を頼むという図々しさがありつつも、そこはかとなく配慮もされていて、朱莉ちゃんも文句を言うにも言えないといった様子。

いやぁ、分かるなぁ。俺も何度昴に言いくるめられ、利用されてきたか……分かる。

「まぁまぁ、宮前さん。協力してもらえるお礼に、ここでの飲食代はタダだから！」

「た、タダ……！」

あ、揺れた。

一緒に暮らして分かったことだけれど、朱莉ちゃんはかなり庶民的な金銭感覚の持ち主だ。

宮前さんちはお金持ちだけれど、彼女は倹約家で、特売とかタダという言葉にすこぶる弱い。

「コスプレだけじゃなくて、フードやドリンクにも力入れてるんだよ。桜井さんが頑張ってくれたおかげで、コスプレ代もかなり抑えられたしね！」

「えへん」

「そうなんだ……さすがりっちゃん……!!」

朱莉ちゃんの口の端からたらっと涎(よだれ)が垂れる。

ああ、これは完全に心を打ち抜かれたな。

「し、仕方ないなぁ。まったく、仕方ないなぁ……」

と、でれでれしつつ、朱莉ちゃんは早速ケーキを注文した。

けれど、「タダより高い物はない」という言葉もある。

朱莉ちゃんがここで無料のケーキを堪能してしまえば、仮に後から後悔したって、もう広告塔の任を降りられなくなってしまうのだけど……。

(まぁ、いっか)

正直なところ、こんなに可愛い仮装をしているのにすぐに脱いでしまうのはもったいないと思ってしまう。

朱莉ちゃんにとっては恥ずかしくて、窮屈(きゅうくつ)かもしれないけれど、俺個人の欲望を優先してしまうのなら、このまま乗っかった方が――

(……って、俺も買収されてるみたいなもんだな、これじゃあ)

なんて自嘲(じちょう)しつつ、俺は黙って朱莉ちゃんを見守るのだった。

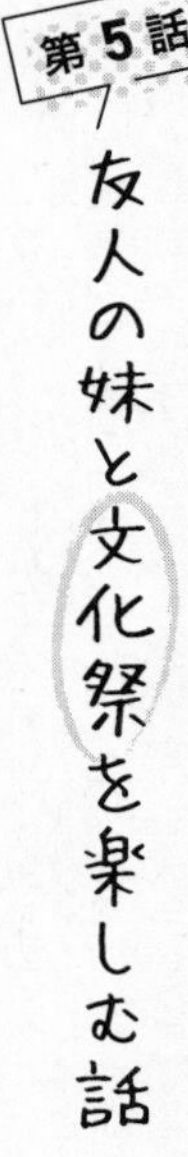

それから三十分程度でハロウィン喫茶を後にした。

「ふぅ……にしてもりっちゃん、本当に凄かったですね」

「あー、だね」

最後の方は客引きから帰ってきた男子生徒や、その客引きに連れられたお客さんも来ていたけれど、みんなみのりの姿にギョッとしていた。

ただ、それでもハレンチだってクレームが入るわけではなく、男女問わず見とれてしまうのだから、確かに凄い。凄いと言うほかない。

「私達も無料で飲食させてもらったんですから、いっぱい文化祭歩いて、頑張って宣伝しましょうね！」

「う、うん」

なんやかんやで同級生達を応援したいのだろう。

朱莉ちゃんは魔女っ子姿のまま張り切ってみせる。

……ちなみに、俺の飲食代はしっかり有料だったけど、これは黙っておいた方がいいかもな。

いや、まぁ俺は何もしないので、全然喜んで支払ったけれども。

「朱莉ちゃんはどこか回りたいところとかある？」

「そうですねぇ。結構ケーキ食べちゃったので、飲食系は避けたいかも……」

「あはは、結構な食べっぷりだったもんね」

「うっ！　今日だけですから！　明日からダイエットしますもん！」

朱莉ちゃんはタダを良いことに三個もケーキを食べていた。

お店の子達も若干驚いてはいたけれど、若干ですんだのは事前にそれくらい食べると予想がついていたからだろう。

「じゃあ飲食系は避けようか。ちょうどお昼前で混み合いそうだしね」

「はいっ。あ、それじゃあ行きたいところがあるんですけど……！」

そう言う魔女っ子朱莉ちゃんについて階段を降り――

辿り着いたのは、校舎の三階に設営されたお化け屋敷だった。

「前に先輩達がやったお化け屋敷の話したじゃないですか。だから気になっちゃって」

「そう言われると、俺も気になってきた」

というわけで、早速入場のための列に並ぶことに。

三階という好立地。それに宣伝も行き届いているのか、しっかり行列ができるほど賑わっている。

そして、改めて見てみれば、朱莉ちゃんのように仮装をしている生徒がちらほらと散見された。

そういえば、俺が現役の時もこんなんだったかもな。

それこそお化け屋敷の宣伝のためにボロボロの着物で歩いてたクラスメートもいた。

だから朱莉ちゃんの魔女っ子姿も、それだけなら目立たないのだけど――

「ね、あの人」

「うわー、すっごく可愛い！」

「へぇ、ハロウィン喫茶だって。面白そー」

やはり素材の良さからバッチリ目立っていた！

「う、うぅ……やっぱり見られてますよね……？」

そんな視線を本人は誰よりも感じるのだろう。

びくびくと、少しでも俺に隠れようと身を寄せてくる朱莉ちゃん。

普段から視線とかには慣れていそうだけれど、仮装しているっていう慣れない状況が余計敏感に感じさせるんだろうか。

そんな反応が面白くて、可愛くて……ちょっとからかいたくなってしまう。

「朱莉ちゃんが可愛いから目立ってるんじゃない？」

「ひゃえっ⁉」

まさか俺がこんなことを言うなんて思ってなかったのか、朱莉ちゃんは顔を真っ赤にしてぴょんと跳ねた。

「か、からかわないでくださいよぉ⁉」

「からかってないよ。事実だし」

「……それってもしかして、この格好が子どもっぽくてってことですか⁉」

ハッと気が付いたようにむくれる朱莉ちゃん。

そんな子どもっぽい仕草も可愛い……いや、やっぱりこの衣装を朱莉ちゃんに着せようって決めた人は天才だな。

往来の場だから会話程度に留めているけれど、もしも二人きりの場だったら髪がくしゃくしゃになるまで撫でてあげたい、みたいな衝動がふつふつと湧いてきてしまう。

「むぅ……りっちゃんも先輩も、私のこと子どもに見すぎじゃないですか？　何度も言いますけど私、先輩と一個しか違わないんですからね？　それに、りっちゃんと並ばなければ年相応にちゃんと見られるわけで……りっちゃんと並ぶと、あれですけど」

実感があるのか、語尾がやけに弱々しい。

「なにかあったの？」

「前、りっちゃんと一緒にお買い物に行ったら、『もしかして妹さん？』なんて言われまして……そりゃあ、りっちゃんと一緒にいるとついつい甘えちゃうところがあるんですけど、それはりっちゃんが大人っぽすぎるのが悪くてですね⁉」

「ちょっと待って」

「え？」

つい、朱莉ちゃんの言葉を遮ってしまう。

彼女とみのりのエピソードに興味がないわけじゃない。

けれど、それ以上に気になることがあった。

「言われたって、誰に？」

「ほへ？」

みのりと買い物ってことは二人きりのはずだ。

そこでいきなり姉妹だなんだって声を掛ける人がいたってことは明らかに――

「次の方どうぞ～！」

「あ……」

それを言う直前、ちょうど前のお客さんがはけ、俺達の入場する番がやってきていた。

「そ、それじゃあ入ろうか」

「は、はい……？」

話が途切れて、朱莉ちゃんも少し釈然としない様子だったけれど、頷いてついてきてくれた。

そして、お化け屋敷の入口を潜りつつ、俺は激しい自己嫌悪に襲われていた。

（ああ、俺の馬鹿。なんでこんなムカムカしてるんだ……！）

朱莉ちゃんの話を聞いて、そのシーンを想像して、勝手に嫌な気分になっている自分。

あとちょっとで、それを朱莉ちゃんにぶつけてしまっていた。

（なんて情けない。カッコ悪い。恥ずかしい……）

自己嫌悪がどんどん膨らんで押しつぶされそうになる。

べつに怒ってるわけじゃない。

ただ、その……上手く言葉にできない。

「せ、先輩？」

「っ！　な、なに？」

「い、いえ……そのぉ……な、なんだか意外と雰囲気ありますよねって……」

そう言われて初めて俺はお化け屋敷の内装を見渡した。

なるほど、よくできてる。

全体的に暗めで、おどろおどろしいＢＧＭを流しつつ、曲がり角や暗幕を設置することで先を見づらくするなど、基本らしい基本はしっかり押さえているみたい……なんて、昴の受け売りだけど。

ホラー耐性のない朱莉ちゃんならこの雰囲気だけで十分怖いだろうな。

「す、すみません先輩。歩きづらいとは思うんですが、そのぉ……」

腕にしがみついてくる朱莉ちゃんは、暗闇の中でも顔を青くしているのが分かる。

そんな彼女に、俺は思わず――

「手、繋ごうか?」

そんな提案を投げかけていた。

「ふぇ?」

「あ、いや……そうすれば、少しは落ち着くかなって」

「い、いいんですか……?」

「うん、もちろん」

そう頷いて、彼女の手を握る。

朱莉ちゃんと付き合っているという事実を隠した方がいいっていうのは分かってる。

それが彼女のためなんだって……でも、それとは真逆の欲望が渦巻いているんだ。

(朱莉ちゃんが、俺のものだって言いふらしてしまいたい。そんな自分勝手な欲が)

自分で自分が情けなくなる。

こんなこと、朱莉ちゃんが知れば幻滅するだろうか。

彼女のためって口実で握った手が、本当は俺の不安を和らげるためだったなんて知ったら……

「う～ら～め～――」

「きゃあああっ⁉」

……まぁ、今の朱莉ちゃんに他に気を回すだけの余裕はないか。

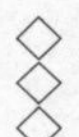

「ひぃ、ひぃ……ま、まぁ高校生の出し物としては、まぁまぁでしたね……」

ものの数分のお化け屋敷を歩き終えて、朱莉ちゃんはいかにもな感想を述べた。

「ハンカチ使う？　汗、すごく出てるよ」

「い、言わなくていいですからっ！　ハンカチはありがたーくお借りしますけどっ」

邪魔にならないように廊下の端っこに移動しつつ、朱莉ちゃんが呼吸を整える時間を作る。

確かにあのお化け屋敷、中々のクオリティだった。

教室という狭い条件下にしっかりと驚かしポイントを詰め込んでたし、他のお客さんの悲鳴も聞こえてきてたし。

見れば、俺達が入場したときより待機列は伸びているようで、わずかな時間でもしっかり口コミが広がっているのが分かる。

昴が見れば対抗心を燃やしそうだ。

「ハンカチ、ありがとうございました……」

「どういたしまして」

「先輩はどうでしたか、お化け屋敷？」

「あー……」

ほとんど別のこと考えてたとは言いづらいなぁ……なんて思っていると、朱莉ちゃんがニマニマとからかうような笑みを浮かべてこちらを見ていた。

「先輩だって、本当は怖かったんでしょ」

「え？」

「だって、お化け屋敷の最中、私の手、ぎゅーって握ってきてましたもん」

「あ、いや、それは……」

……どうやら、バッチリ気づかれていたらしい。

でも実際はお化け屋敷が怖かったからじゃなくて……。

「違うんですか？　じゃあ、どうして……？」

でも、言えない。

言ってしまえば絶対呆れられる。

さらに幻滅されて、嫌われたりってこともあるかもしれない。

(分からない……どうしてか、すごく不安になる……)

思えば、この文化祭に来てからだ。

朱莉ちゃんとこの校舎の中を一緒に歩きながら、楽しいはずなのに、それとは別にどんどん不安が膨らんでいく。

「あれ、宮前先輩?」

「あ、大場さん! あの、先輩。あの子、委員会が一緒の子で……」

「あぁ、気にせず話してきなよ。待ってるから」

「すみません、ありがとうございます」

朱莉ちゃんが声を掛けてきた女の子の方に小走りで駆けていく。

会話の内容は聞こえないけれど、偶然会えたことに喜びつつ、朱莉ちゃんの格好について話しているみたいだ。

(宮前先輩、か……)

大場さんって呼ばれた子が一年生か二年生かは分からないけれど、彼女にとって朱莉ちゃんは先輩なんだよな。

当然、年上の俺とは彼女のことが違って見えてて……俺は、その朱莉ちゃんを知らなくて。

彼女だけじゃない。この学校で、この文化祭ですれ違った生徒達の中には、普段の、俺の知らない朱莉ちゃんを知っている人が何人もいただろう。

そんなの当たり前だ。今更な話だ。それなのに。

（その当たり前が、こんなにも歯がゆいなんて……！）

俺が知ってる朱莉ちゃんは、ほんの一部。この夏会った朱莉ちゃんだ。

それ以外の彼女を俺は知らない。

そんな事実に、今更気づかされるなんて。

「先輩、お待たせしました！」

「あ、うん。もういいの？」

「はい、たまたま会っただけですし」

にこっと笑いかけてくる朱莉ちゃんに、思わず聞きたくなってしまう。

何を話してたの、って……でも、そんなの聞くのは過干渉だ。

俺は疑問をぐっと呑み込み、笑顔で隠した。

今日は朱莉ちゃんが頑張ったご褒美なんだ。

俺のことなんかよりも朱莉ちゃんが楽しんでくれることの方がずっと大事なんだから。

「えーっと、それじゃあ次はどうしましょうか？」

「朱莉ちゃんが行きたいところあれば、ついていくよ」

「そうですねぇ……お腹はまだちょっといっぱいなので、それじゃあ目についた出し物、順繰り順繰りで回っていきましょうか！」

「うん」

朱莉ちゃんの笑顔に安心しつつ、俺達はまた並んで歩き出した。

こうやって学校で、先輩の隣を歩いていると、なんだか不思議な気分になる。

だって、この校舎で見る先輩はいつだって雲の上の人で、遠い憧れの存在だったから。

廊下でたまたますれ違ったり、授業中グラウンドを見下ろすとたまに体育中の姿が見れたり、お兄ちゃんにお弁当を届けるフリして話しかけたり……それくらい。

当然一緒に文化祭を歩くなんてありえなくて！　でも、ずっと憧れてて……。

(それが今、現実になっちゃってる……！)

先輩が卒業した今、絶対叶うはずなかった。想像さえしなかった。

りっちゃんから背中を押されなかったら、考えつきもしなかったと思う。

夢なんじゃないかって何度も疑っちゃうくらい楽しくて、幸せな時間。

（……なんだけど）

ちら、と隣にいる先輩を盗み見る。

「へぇ……これ手作りなのか。凄いな」

今、私達は美術部の作品展にいて、先輩は部員が作ったミニチュア模型をまじまじと眺めていた。

今は……いつもの先輩だけれども。

でもたまに、先輩がどこか心ここにあらずな感じになるというか、何か考え事をしているみたいで、心から楽しんでもらえていない感じがする。

私の気のせいだったらそれでいいんだけど……。

「どれも凄かったね。素人目じゃプロの作品って言われても信じちゃうよなぁ」

「はい、びっくりしました！」

作品展の行われている教室を出つつ、感想を言い合う。

先輩に無理してる感じはないし、本心から言ってるって分かって私も嬉しかった。

「次、どうしよっか。朱莉ちゃん、行きたいところある？」

「あっ、えーっと……」

今のでこの階の催し物もある程度見きってしまった。

次行くなら上の階か、あとはグラウンドの出店とか、体育館のステージ系とかかな？

そんなことを思いつつパンフレットとにらめっこし……でもパッと良い感じのものは見つからなかった。

「先輩はどうですか？　どこか行きたい場所とか……」

「俺は……俺のことは気にしなくていいよ。今日は朱莉ちゃんのご褒美なんだし」

先輩は遠慮がちに笑う。

なんだか一歩距離を置かれたような感じがして、私は胸がきゅっと締め付けられる痛みを覚えた。

(先輩、もしかしたら本当は文化祭来たくなかったんじゃ……)

ほんの僅かな違和感だけで、そんなことを思ってしまうなんて、ちょっと神経質すぎるだろうか。

でも、先輩は元々今日までこっちに残る気はなかったんだ。

それを私が一緒に文化祭に行きたいからって引き留めて……。

私がりっちゃんのテストで良い点が取れたらって条件は先輩の方から言ってくれたけれど、ただただ気を遣わせちゃっただけかもしれない。

「あ、あの、先輩」

「ん？」

「……いえっ！　ちょっと小腹空きましたし、軽く食べ歩きでもしませんか？」

それが怖くて、私は疑念をぐっと呑み込んだ。

余計なことを聞いて、最悪な結果を招いてしまったら……。

だって、私が感じる違和感なんて、ただの思い過ごしかもしれないもの。

……言えない。聞けない。

「うん、そうだね」

グラウンドに出ると、運動部を中心とした出店群が出迎えてくれた。

学校の正門からも繋がっているここは、縁日みたいな活気があってわくわくする。

なんていうか文化祭っぽい！

――ぐぎゅぅ～。

「あっ……⁉」

「あはは、小腹ももう限界かな」

「う～……」

勝手に鳴りだしたお腹の音を、先輩がからかってくる。

それが恥ずかしくて、でも気安い会話ができて嬉しかったり……乙女は複雑だ。

「そういえば、先輩のいた陸上部も出店してるんですよね」

「うん。今年はたしかフランクフルトって書いてあったね」

「書いてあったって、パンフレットにですか？　直接聞いたりは？」

「あはは……うちの部は緩かったからさ。ＯＢＯＧとの交流ってほとんどないんだよね。だから、今日もいきなり行ったらビックリさせちゃうかもな」

先輩は気まずげに頬を掻く。

もしかしたらちょっと緊張しているのかな。

先輩からしたら、数少ない、絶対に知り合いに会う場所だし。

「まぁでも、近くまで来て行かない方がアレだし、ちょっと顔出しても良いかな？」

「もちろんですっ！」

断る理由なんてもちろんないし、何より先輩から能動的に「行きたい」って言ってもらえたのが嬉しくて、私は勢いよく頷いた。

「えーっと、あっ！　フランクフルト！　あそこですよ！」

私は屋台を見つけると、そのままの勢いで駆けだした。

「あの～」

「おっ、陸上部特製フランクフルトはいかがっすか！　魔女っ子さん……？　てか、えっ⁉　もしかして宮前⁉」

屋台の店頭に立っていた男の子が私を見て目を丸くした。

えーっと、どこかで会ったことあるような……？

「俺、三宅だよ！　隣のクラスの！」

「あー……三宅くん？」

「はぁ……いや、確かに同じクラスにはなったことないけどさぁ」

がっくりと肩を落とす三宅くん。そうだ、確かに三宅くんだった……かも？

そう呼ばれているのを聞いたことがある気がする。

「うわぁ、ピンときてねぇ。でも、今日をきっかけに覚えてくれよな！」

「う、うん。ごめんね」

三宅くんはテンション高く、ぐっと親指を立てた。

明るくハイテンションで、ちょっと苦手なタイプかも。少なくともりっちゃんとは気が合わなそう。

「なんすか、三宅先輩⁉　すっげぇ可愛い人っすけど！」

人が増えた。

今度は全く、本当に見覚えのない男子だ。

「お前、先輩相手に失礼だぞ？」

「先輩……ってことは三宅先輩と同い年っすか？　つーか、え⁉　彼女⁉　もしかして彼女すか⁉」

「ばっ！　お前、ちげーよ⁉」

……なんか盛り上がってる。

こういう感じ、あまり得意じゃない。

目の前で盛り上がられても、こっちは全然面白くないし、どう反応して良いかも分からない。

やめてって言いたいけど、そうしたらマジメとか、空気読めないとか言われて、曲解した噂を流されたりして……結局嫌な思いをするんだ。

ああ、どうしよう。今日はせっかく先輩も一緒なのに――

「三宅」

「え？　あっ、求さん⁉」

不意に、先輩が私を庇うように前に出てくれた。

「お前、悪いノリ出てるぞ。あまり彼女を困らせるな」

呆れるような口調だけど……先輩、怒ってる？

なんだか肌がピリピリする感じがして、私は思わず先輩を見上げた。

「え……あっ、宮前ごめん！　お前も、悪ノリが過ぎるぞ！」

「す、すみませんでした……」

三宅くんとその後輩の子が謝ってくる。

先輩に怒られたから形だけ……って感じでもない。

なんだか思ってたよりあっさり解決してくれた。

いや、先輩がそうなるように仕向けてくれたんだ。

先走った私に追いついて、すぐに状況を把握して、それで一番後に引かないようにって……考えすぎかもしれないけれど、でも先輩ならあっさりそういうことしそう。

「ていうか、求さん？　どうしてここに？」

「彼女の付き添い。一緒に文化祭に来てたから、ここにもちょっと顔だそうと思ってさ」

「え、求さんと宮前が……？　……あっ！　そういや、宮前って昴さんの妹っすもんね！　変な反応してすんませんっ！」

一瞬、付き合ってるんじゃないかと疑惑の視線を送られたけれど、つい先ほど怒られたばかりの三宅くんはそれを口にせず、別の結論で納得した。

まぁ、私達は本当に付き合ってるんですけどね!!

「あ、そうだ求さん。こいつ、今年入った一年で」

「そうなんだ。確かに見ない顔だと思った」

「坂本(さかもと)、この人去年卒業した白木(しらぎ)求さん。うちの部に似合わないくらい足速くてさー」

「さ、坂本ですっ！　よろしくお願いします！」

「ああ、そんな畏まらなくていいよ。よろしくな」

そう挨拶を交わし合い、そのままの流れで今度は先輩含め、陸上部トークで盛り上がり始めたので、半歩くらい引いて見守る。

（先輩、楽しそうだな）

三宅くんや後輩くんと話す先輩は度々、同性の友達にしか見せないような無邪気な笑みを浮かべていて、ほっこりすると同時に私の前との僅かな違いにちょっと寂しくなる。

もっと私の前でも、今みたいに隙っていうのかな、そういうのを見せてくれたって良いのになぁ。

自然体というか、脱力している姿っていうか……そうっ！　ノアちゃんみたいに！

例えば……

『せんぱーい、ご飯ですよ～』

『うん……』

『もー、先輩ったらスマホばっかいじって。ぶたさんになっちゃいますよ？』

『ん～……』

『きゃっ⁉　もう、先輩ったらいきなり抱きついてきて。だらしないんですから。ほーんと、私がいないとダメダメなんですから』

『先輩。私はどこにも行きませんよ？　ちゃーんと先輩の傍で、毎日良い子良い子～って頭撫でてあげますから♪』

『あかりちゃん……』


……なーんて。

「それはちょっと飛躍しすぎかも……えへへ……」

ついつい幸せな妄想に浸ってしまう私。

でもほら、ペットは飼い主に似るっていうし、逆もあるかもだし？

傍から見てても明らかに先輩に対しては隙だらけでデレデレなノアちゃんっぽさが先輩にあったら、それが向けられるのは私がいいなぁ、と思ってしまうわけです。

「あっ、求先輩っ！」

「……ん？」

不意に、先輩を呼ぶ女の子の声が鼓膜を揺らした。

「あれ、樫本？　なんだ、今年も女子と合同で出店してたのか」

「はいっす。そうでもしないと他の部に張り合えませんからねっ！」

「三宅、本気で張り合おうと思うなら、フランクフルトの質上げるのが先じゃないか？　これ、いつものスーパーで大量売りしてるやつだろ？」

「ちょ、求さん。それを言うのは営業妨害っすよ」

「そーだそーだ！　ていうか、求先輩、無視しないでよー！」

「ああ、悪い、樫本。無視したつもりじゃないんだけど」

あ、あの先輩に甘えるようにぐいぐい近づいている女子は一体……⁉

いや、話の流れ的に女子陸上部の子だっていうのは分かったけども！

「この時間は三人が店番か」

「まぁ、俺は受験勉強の息抜きに勝手に遊びに来ただけっすけどね」

「ていうか、求先輩が来るならもっとちゃんとおめかししてきたんですけどー」

「おめかしって……どうせジャージじゃん」

「三宅先輩ひっど⁉　そんなんだから女子人気ないんですよ！」

「関係なくない⁉　ていうかハッキリ人気ないとかヤメテ⁉」

女子の樫本さんが加わって一層話が盛り上がる。

そして私は完璧に蚊帳の外……や、べつに意図的に気配も消してるからいいんだけど。

変に気を遣われて陸上部トークに入れてもらっても、たぶん愛想笑いしかできないし
……ただ、樫本さんと先輩の距離感にはモヤモヤする！

先輩の方は相変わらず鈍感で、全然、全く気が付いていないみたいだけれど、樫本さんからの距離感は明らかに、意図的に近くしているように感じる。

たぶん、好きか、そこまでいかなくても、ちょっかいかけて良い感じになれたらみたいな感じだと思う。

（うう～……！）

歯がゆい。先輩は私の彼氏なのに！

でも、だからってここでそれをアピールしたら、まるで先輩を自慢するために付き合ってるみたいになっちゃう……そんな気がして、腰が引けてしまう。

「ああ、ごめん。人を待たせてるから、俺はそろそろ行くよ」

「えー、あたし来たばっかなのに……って、魔女っ子ちゃん⁉」

「そうだった。また話し込んでごめん、宮前……」

「う、ううん、大丈夫」

そんなことより、また気持ちがモヤったタイミングで先輩が助けてくれた方がビックリしてしまった。

女の子の気持ち（私含め）には鈍感なのに、今は私のことをしっかり見てくれてるんだなって嬉しくて……つい、頬が赤くなる。

「あっ、求さん。フランクフルト買ってってくださいよ！」

「ああ、そうだな。じゃあ二本。そこの、もう焼けてるのでいいよ」

「うっす！」

それからはテキパキと。

先輩は支払いをすませて、ケチャップとマスタードが塗られたフランクフルトを二本受け取る。

「じゃあ、俺達はこれで。他の奴らにもよろしくな」

「うす！　ありざしたー！」

それからはそんなあっさりしたやりとりだけして、先輩は陸上部の屋台を離れた。

もちろん、私もそれについていくけれど――

「良かったんですか？　もっとゆっくりしても……」

「あれでも話しすぎってくらいだよ。ちょっと顔出すだけって言ったのに、ごめんね」

先輩はふーっと深く溜息を吐くと、少し疲れたように笑った。

「もしかして、ちょっとお疲れですか？」

「あー……ううん、ああいう先輩風を吹かせるのは苦手でさ」

「え、そうなんですか？」

「意外？　どう見えてるんだろ、俺……」

先輩が苦笑しつつ、フランクフルトを一本くれる。

焼きたてではないけれど、まだほんのり温かい。

「基本的に後輩付き合いは昴が率先してやってくれてたから、俺はそれについていくらいでさ。まぁ、良くない先輩だよ。中学でもほとんどみのりとばっか絡んでたしね」

そうなんだ……

私にとっての先輩は小学生のときにキャンプで会ったあの『もとむくん』だ。

すっごく頼りになって、カッコよくて、キラキラしてて……正直、今も変わらない。

もちろん、そんな憧れの姿以外にも、案外天然なところだったり可愛いところだったり、いっぱい知れたけれど……でも、理想の先輩像って私にとってはずっとそうで。

「それに、朱莉ちゃんも退屈にさせちゃったと思ってさ」

「そ、そんなことないですよ？」

「本当に？　顔に出てたけど？」

「うぐ……！」

ばっちり見抜かれていた。

そして、「図星を言い当てられたッ‼」というリアクションもバッチリ見抜かれてしまって、先輩は吹き出すように笑った。

「ははは、今の朱莉ちゃんは分かりやすかったな」

「せ、先輩の前だけですっ！」

そう、先輩の前だと、私はいつもより私になっちゃう。

普段かっこつけたり、隠したり、取り繕ったり……本当はそういう良い自分を見せたいんだけど、無意識のうちに本当の自分が「見てほしい」って出てきちゃうんだと思う。我ながら、なんてわがままな本心なんだ。すっごい分かる。

「ほんと、分かるときは分かるんだよな……」

「先輩？　何か言いました？」

「あ、いや！　その……そうだ。フランクフルトだけじゃちょっと寂しいから、他にもいくつか回った方がいいかなって」

「なんか誤魔化しませんでした？」

「誤魔化してない。誤魔化してない」

「もー……」

誤魔化したくせに、とぶーたれる私に、先輩はにこにこ笑うだけ。絶対分かってるのに！

……でも、なんというか先輩、ほっと肩の力が抜けた感じ？

一緒にひとつの部屋で暮らしていたあの頃みたいに自然体な先輩に戻っていて、私も嬉しくなる。

ただひとつ文句があるとすれば……やっぱり無防備すぎ！

さっきの樫本さんとのやりとりだってそう。

それに今も――

「あれ、もしかして白木さんですか？」

「あっ、サッカー部のマネージャーの……大村さんだっけ？」

「わあっ、そうですっ！　数回しか話したことなかったのに、覚えてもらえていて嬉しいです!!」

……むむむ。

他の部の屋台でも、先輩はいちいち声を掛けられていた。しかもそのほとんどが女子から！

そりゃあ運動部間での交流はあってもおかしくないけれど、他の部で学年も違うマネージャーさんの名前までしっかり覚えてるなんて……向こうからしたら嬉しいだろうし、先輩も人ができてるってことなんだけど、なんか複雑。

(私のことは忘れてるくせに)

先輩的には私は『宮前昴の妹』から始まってるんだろうけど、本当はそれよりもずっと前に、兄よりも先に出会ってるっていうのに！

(……なんて、今更掘り返す気もないんだけど)

私にとって、あれは素敵な思い出。

ちょっと前までは、打ち明けても思い出してもらえなかったらどうしようって感じだったけれど、先輩と付き合えるようになった今では、私だけが知ってる宝物でもいいかもって思ったりする。

「朱莉ちゃん、お待たせ。買ってきたよ」

「ありがとうございます。先輩、次は私が買いに行きますね」

「……いや、俺が行くよ。今回は俺の奢りだから」

「でも……」

「いいから」

それからも先輩は頑なに譲ってくれなくて、私は女子から声を掛けられる先輩を見てモヤモヤしたり、でも先輩が私のためにしてくれてるっていう優しさにほっこりしたり……ただ待ってるだけなのに、とても忙しい時間を過ごすのだった。

◆◆◆

「あ、美味しいっ！」

「うん、確かに」

屋台でいくつかご飯を買った後、そのまま同じグラウンドに設置された飲食スペースで、戦利品を堪能する私達。

色々目移りしたせいで、最初の方に買ったものは結構冷めちゃったけれど、それでも十分美味しかった。

「別に良いもの使ってるとかじゃないのにな……」

「ふふっ、こういうところで食べると、なんでも特別美味しく感じるものじゃないですか？」

フランクフルト、焼きそば、たこ焼き、唐揚げ、それとチョコバナナ。

いかにもベタなラインナップだけど、文化祭っぽくてどれも美味しいし、なにより楽しい。

こういうお祭りとかに来ると、ついついこんなジャンクフードばかり食べて、後で後悔するんだよね。

そういう意味じゃ、出店はあまり多くなかったけれど、先輩と一緒に行ったあの花火大会くらいが一番良いのかも。

「ふふっ」

「どうしたの？」

「花火大会のこと、思い出しちゃって」

「ああ……」

先輩も微笑む。

あの日、色々恥ずかしいところも、情けないところも見せちゃったけれど……でも、あの日があったから私達は恋人同士になれた。

今もこうして先輩の傍にいられる。

間違いなく、私の人生の中でも最高の一日だ。

「俺も、今でも思い出すよ」

「先輩もですかっ」

つい声が跳ねる。

先輩も同じ気持ちなんだって、それだけで嬉しい！

「うん。朱莉ちゃんが、いきなり逃げ出しちゃったこととか」

「あがっ……⁉」

同じ気持ちって、なんでよりにもよってそんな恥ずかしいところをピンポイントで⁉

顔が熱くなる！　改めて指摘されると、本当に恥ずかしいし、滅茶苦茶情けないし！

ああ、どうしてもっと一日ずっとカッコよくいられなかったんだろう⁉

「あ、あれは忘れてください……！」

「忘れられないよ」

先輩は微笑を浮かべ、私を真っ直ぐ見つめてくる。

——ああ、この人は本当に目の前にいる人のことが好きなんだ。

そうはっきり分かる、愛おしさを感じさせる瞳。

そしてそこに映るのは間違いなく私で……。

心臓がバクバク跳ねて痛い。

「…………」

「…………」

先輩は何も言わなくて、私も何も言えなくて。

文化祭の賑やかな声も音も、いつの間にか消え去って。

呼吸もできないくらい、私は先輩に魅入られて――

――ブーッ、ブーッ。

「「……っ！」」

突然私のスマホが震え、私達は同時に我に返った。

文化祭の喧噪が戻ってくる……残ったのは、えも言えない気恥ずかしさだけ。

「う、あ……あっ、りっちゃんからラインです！」

「へ、へぇ～！　なんて？」

「ええと、『集客しすぎ。パンクするからもうやめれ』……ですって」

「んん？」

「あ、写真来た……うわっ！」

りっちゃんから送られてきた写真を先輩に見せる。

とたん、先輩の顔も見事に引きつった。

写真に写っていたのは、廊下に伸びるハロウィン喫茶への行列だ。

行列はさっき見たお化け屋敷と同じくらい……ううん、それ以上に伸びている。お昼時っていうのもあるだろうけど。

「朝一ですまそうとしてたみのりがまだ抜けられていないって時点で、相当大変なんだろうな」

「ですね～……でも、これって本当に私の宣伝のせいなんでしょうか」

確かにりっちゃんに言われたとおり、魔女の格好をしたままここまで看板を下げて来たけれど、私自身は宣伝らしいこと何もしてないしなぁ。

「とにかく、りっちゃんの言う通り、この服返しに行った方がいいですよね」

「そうだね。……ちょっともったいないけど」

「え？」

「あ、いや、なんでもない」

「い、いや！　なんでもなくないですっ！　バッチリ聞きましたよ！『もったいない』って！」

それっていわゆる、『可愛い』の類義語だ！

先輩からの褒め言葉はいくら言われても嬉しい！　嬉しさが天井(てんじょう)なし!!

「ふへへ……そうだっ！　せっかくですし、一緒に写真撮りましょうよ！」

「えっ」

「だって、こんな格好二度としないかもですし。それに、えと……記念で！」

「あ……そうだね。じゃあ、記念に！」

「はいっ！」

私はすぐに立ち上がって、先輩の隣に行き、スマホを構えた。

「と、撮りますっ」

勢い任せなせいでいいかけ声は浮かばなかったけれど……笑顔の二人がバッチリ撮れた！

「えへ、えっへへ！　すぐに送りますね！」

先輩にラインで送り、すぐに壁紙に設定する。

（また宝物が増えてしまった……！）

今日が終わっても、この写真はずっと残る。

大切に、絶対消えないように、しっかりクラウド上にも置いといてっと。

「っと、遅くなったらみのりに余計な文句を言われちゃうね。ささっと食べて、服も返しに行こうか」

「そですね！」

私は幸せな気分のまま頷き、残ったご飯を駆け足で口に運ぶのだった。

ご飯を食べ終え、りっちゃんの待つ六階に戻ると、写真で見るよりずっと迫力のある行列がだーっと伸びていた！

「押し合わず、お待ちくださーい！」

「ただいまお座席に時間制限を設けさせていただいています。ご了承ください！」

列の整理に二人が出てきていて声を上げている。

店内はもっと大変なんだろうなっていうのは、想像に難くない……！

「先輩、私ささっと行って着替えてきちゃうので、ここで待っていてください！」

「そう、だね。俺も行ったらさすがに邪魔になっちゃうか」

「すみません……すぐに戻りますから！」

階段の、行列から外れたところで先輩には待っていてもらい、私は早足でハロウィン喫茶に向かう。

「あ、魔女っ子さん！」

「かわいーっ！」

何度かそう指をさされたけれど、無視！　無視！

普段だったら、つい足を止めてパッと振り向いちゃいそうだけど、今は先輩を待たせているのだ。

こうなったときの私は早い！　……か、どうかはともかく、早くありたいとは思っている！

そう思いつつ、ハロウィン喫茶――はスルーして、直で更衣室代わりに使わせてもらった教室に向かう。

一応挨拶した方がいいかな、とも思ったんだけど、忙しくしてると思うし、邪魔になっちゃうかもだから……うん。

(ごめん、りっちゃん。お説教はまた今度聞くから……！)

そう心で謝りつつ、こそっと教室のドアを開け――

「あ、朱莉だ」

「りりりりりりりり、りっちゃんっ⁉」

「朱莉、うるさい」

教室（更衣室）にはなぜかりっちゃんがいた‼

いや、りっちゃんだけじゃなく、何人かいて、せっせと何かの作業をしている。

「な、何やってるの？」

「誰かさんのおかげで想定の何倍も繁盛して売り物がなくなったので、他の店に協力あおいでなんとか繕ってるとこ」

そう言って、りっちゃんはちょうどお皿に盛り付けたクッキーを見せてくる。

「ちなみにこれは、料理研からおすそわけしてもらったクッキーね」

「ほええ……」

聞けば他にも色々と仕入れているみたい。

料理研究部からはクッキー以外にもマフィンとかカップケーキとか。

グラウンドの運動部からもフライドポテトとか貰ってお店で出しているらしい。

「アタシはうちで用意したケーキが尽きたら閉店でいいんじゃないかって思ってたんだけど」

「なーに言ってるの、桜井さん！　こんなビッグウェーブ中々ないんだから！」

うんざりした様子のりっちゃんの言葉を遮り、一緒に準備をしている木下さんが楽しげに笑う。

他の子達も同じ感じだ。

みんな生き生きしていて、すごく楽しそう。

「これも宮前さんがしっかり宣伝してくれたおかげだよ！　最後の文化祭でこんなに盛

り上がるなんて！」

「ど、どうも……」

「あっ、着替える？　こっちは無視して大丈夫だから。男子達も宮前さんが戻ってくるってことで全員お店と物資回収に行ってもらってるし！　宮前さんがそれ脱いだら……誰か着て、お店に出る感じにするから！」

「あっ、そうなんだ。それじゃあ――」

「いいいい、いやいやいやっ！」

「そ、それは無理！」

「宮前さんの後に着るなんてハードル高すぎる!!」

……なんか、みんなから拒否られてしまった。

ええと、とりあえず脱ぐのはいいんだよね……？　脱ぐよ？　脱ぎますよー？

「困ったなぁ。でもみんなの気持ちも分かるし……」

木下さんは腕を組み、考え込む。

そして、教室の中を見渡し、ある一点で止まる。

「そうだっ！　桜井さんなら！」

「ん？」

それは……りっちゃんだった！

「桜井さんは、宮前さんに勝るとも劣らない超美少女！　あの魔女っ子衣装だって問題なく着こなせるはず‼」

「いや、アタシは――」

「そうだよ、さすが木下さん！　グッドアイディア！」

りっちゃんが何か――というか、たぶんりっちゃんのことだから否定的な意見を言おうとしたところ、別の子が賛同の声を上げてしまう。

「桜井さんの大人っぽい雰囲気と魔女のちょっと子どもっぽい雰囲気がギャップあって……見る前から可愛いって分かる！」

「うん……！　革命だよ、革命‼」

「まさかの宮前さん超えもあるかも⁉」

そして、りっちゃんと私を置いて、白熱していくみなさん。

まあ、私は部外者だからあくまで乗り切れていないだけで、今私が着ている衣装をりっちゃんが着るのを想像したら……うん、似合うと思う。絶対。１００％！

「お願いっ！　宮前さんの魔女っ子を継げるだけのハイスペック女子はキミしかいないのだっ！」

「うへぇ……」

りっちゃんは、露骨に嫌そうな表情を浮かべた。

そういえば、りっちゃんのシフト最初だけって言ってたもんな。本当だったら既に上がっているはずで、それなりにストレスも感じているだろうし……。

私は慌ててりっちゃんに駆け寄り、囁いた。

「りっちゃん、その、もしあれだったら私が店員さんやろっか？」

「は？」

「いや、確かに私は部外者だけど、りっちゃんの親友として、りっちゃんばかりに負担を押しつけるのは……」

「バカ」

りっちゃんは人差し指を立てて、私の唇に押しつけてくる。

そんな「これ以上喋るな」のサインに私も押し黙るしかない。

「朱莉はデート中でしょ。頑張って勝ち取ったんだから、同情なんかで簡単に手放しちゃだめ」

りっちゃんはそう私にしか聞こえないように囁き返し……諦めたように深く溜息を吐いた。

「まぁ、ここで内職やってるより気分紛れていっか……」

そんな降参の合図に、教室中が沸き立った。

「ありがとう、オブザーバー！」

「オブザーバー働き過ぎでは……」

りっちゃんはがっくり肩を落とし、うなだれる。

でも、なんやかんやでちゃんと手伝っている感じ、りっちゃんの責任感の強さを感じさせる。

他のみんなも、りっちゃんのぼやきは一種の芸くらいに受け止めているみたいで、空気は凄く良い。

……まぁ、りっちゃんからしたら本気で面倒くさいんだろうし、嫌がってるのも本気だろうけど。

「あれ？　そういえば、りっちゃん。さっきまで着てた、あのちょっとえっちなコスプレは？」

「あー……あの猫オオカミは、えっちすぎるが故に先生に叱られてお蔵入り」

「えー！　もったいない！」

「ね」

本物のモデルみたいにキレイでカッコよかったのに。

でも、それなら朝の段階で見れたのは運が良かったかも。一緒に写真も撮れちゃったし。

それに、この魔女衣装も、みんなが言う通り絶対りっちゃんに似合って可愛いと思うので、私も見るのが楽しみだったりする。

「じゃあ朱莉。それ、脱いだらアタシ着るから――」

「うんっ！　すぐに脱ぐね！　十秒待って‼」

「……催促したわけじゃない」

気怠(けだる)げなりっちゃんと対照的に、私はささささっと衣装を脱ぎ、制服に着替え直す。

そして入れ替わりに、だら、だら、だら……とゆっくり、一歩一歩踏みしめるみたいに、りっちゃんはゆっくり魔女衣装に着替えた。

その魔女姿は、そりゃあもう、びっくりするくらい似合っていて、私と、教室にいたみんなはその可愛さに身もだえるのだった。

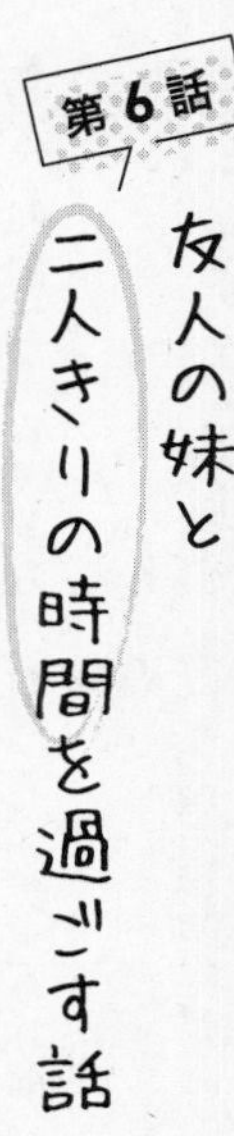

「ごめんなさいっ！　ごめんなさいっ！」

「べ、別に謝らなくてもいいって！」

ハロウィン喫茶に行って、だいたい二十分くらいだろうか。

朱莉ちゃんは慌てて戻ってくるなり、勢いよく頭を下げてきた。

「先輩を待たせてるのにのんびりしちゃって……本当にすみません」

「全然いいよ、そんなの」

みのりに捕まったか、そうでなくても友達と話し込んでいたのかもしれないし、全然怒るほどのことじゃない。

でも、今日はずっと魔女っ子姿の朱莉ちゃんと一緒にいたから、改めての制服姿がなんだか、ちょっと落ち着く。

「ハロウィン喫茶の方は大丈夫そうだった？」

「はい、みんな逞しくて。このビッグウェーブに乗ってやる！　って張り切ってました。

約一名を除き、ですけど」

「あはは、想像がつくなぁ」

「でも、私の魔女衣装を引き継いでウエイトレスやるみたいですよ？」

「へぇ……？」

それはちょっと意外かも。

大方、周りに押しつけられて、断るより流される方が楽だと思ったとかそんな感じだと思うけど。

まぁ、あいつなりに楽しんでいるってことにしとこう。

「それじゃあ、次はどこ行こうか」

「それなんですけど……次こそ、先輩が行きたいところに行きましょう！」

「え？　お、俺の？」

「はい。だって、先輩ずっと『私のご褒美だから』って引いた感じだったじゃないですか」

「いや、でも……ほら、陸上部は俺の希望で行ったから」

「あれは、私にとってのハロウィン喫茶みたいな、行って当たり前の場所なのでノーカンですっ」

どうやら駄目らしい。

朱莉ちゃんは頑として譲る気がないようだけど、俺にも特別行きたいところなんて——


「……あ」

「むっ！　今浮かびましたね！　どこですか⁉」

「いや、でも……う〜ん……」

「なんでそこで渋っちゃうんですか。遠慮なく言ってくださいよ。ねっ？」

「でも、言ったら朱莉ちゃん、怒るかな〜って」

「怒りませんよっ」

「……絶対？」

「絶対の絶対にです！」


本当にうっかりだ。

でも、適当に取り繕ったって、朱莉ちゃんには気づかれてしまうだろうしなぁ……ここは正直に言うしかないか。


「それじゃあ……」

「はいっ！」


そのキラキラ期待に輝く瞳を前に言うのは相当勇気が必要だったけれど、俺はなんとか無理やり、それを喉から絞り出した。

そして約五分後……。

「むー……」

案の定というかなんというか……隣を歩く朱莉ちゃんは見事にふくれっ面になっていた。

「ご、ごめんね。別に今からでも――」

「いいですよ。いいんです。私、怒らないって言いましたし。実際怒ってませんし。私が先輩の行きたいところ行きましょうって言ったんですから。怒る筋合いなんかないですし」

うぐ……怒ってないにしたって、機嫌は悪くさせちゃったよな。

なんていうか、もっと上手いことできなかったんだろうか、さっきの俺よ。

「……なんて、本当に全然大丈夫ですけど、でも……申し訳ない気分です」

「えっ、朱莉ちゃんがどうして！」

「だって先輩、やっぱり本当は文化祭行きたくなかったってことですもんね……『一旦外出ない？』って」

朱莉ちゃんはそう言って俯いてしまった。

「ち、違うよ！　今日一緒に文化祭に行くの、俺だって楽しみにしてたんだから！　本当に！」

もしかしたらそう勘違いさせてしまうかも、とは思っていたけれど、まさかこんなに落ち込ませちゃうなんて！

俺は必死に訴えかけるが、朱莉ちゃんは俯いたままだ。

これは……ちゃんと言わなきゃ駄目だな。

ちゃんと、俺の気持ちを。

「朱莉ちゃん、少し歩くけど、ついてきてくれない？」

「え……あ、はい」

俺はそう言って、彼女の手を握る。

無理やり言うことを聞かすみたいで申し訳ないけれど、でも、道ばたで伝えられる話でもないし……。

(学校からだったら、歩ける距離だったよな)

今度こそ間違えないように、歩きながら自分の気持ちを整理する。

けれど、自分の気持ちに向き合えば向き合うほど、逆に心臓はバクバクとうるさく跳ねて、落ち着いてはくれなかった。

「わあ、ここ……！」

「来たことある？」

「いえ、存在は知っていたんですが、来るのは初めてです！」

高校から歩いて十数分。

俺が朱莉ちゃんを連れてきたのは、駅などがある賑わった方面とは逆側の、閑散とした住宅街を上っていった先にある、ちょっとした展望公園だった。

坂道を上ってこなくちゃいけないから来るのはちょっと大変。それでいて見える景色も普通の住宅街ということで、あまり人気のない公園だけれど、この静かさが俺は好きだった。

「陸上部のロードワークでよく来たんだ。ここで当たる風が気持ちよくてさ」

「ほええ……」

「でも、そうでもなきゃ来ないよな。結構穴場スポットなんだ。面倒がって昴だってめったについてきてくれなかったし」

「あはは、申し訳ないですけど、ちょっと分かっちゃいます。私も気になりつつ、足は向かなかったっていうか」

「俺だってロードワークって名目がなかったらたぶん来なかったよ。……あっ、ベンチ座ろうか」

立ち話もなんだし、とりあえずベンチに座る。

相変わらずというべきか、公園は貸し切り状態だ。なんだかすごく懐かしい。

「はい、お茶どうぞ」

「あ……ありがとうございます」

来る道中で買っておいたペットボトルを朱莉ちゃんに手渡しつつ、俺も自分ので喉を潤した。

ああ、生き返る。今日は走ってきたわけじゃないけれど、なんだかんだで文化祭で歩きっぱなしだったから、麦茶の爽やかな苦みが体に染みる感じがした。

「はぁ～……静かで落ち着きますね」

「本当に。一生ここにいたいくらいだよ」

「ふふっ、先輩ったらおじいさんみたい。でも、私も同じ気持ちです」

朱莉ちゃんはくすくす笑いつつ、気持ち良さげに目を閉じる。

秋の訪れを感じさせる、爽やかな風が頬を撫でた。

文化祭の喧噪とは真逆の、静かで、ゆっくりと過ぎる時間。

気を抜けば寝てしまいそうな心地の良さに包まれながら、俺は口を開いた。

「文化祭、楽しかったたね。行けて良かったって心から思うよ。ありがとう、朱莉ちゃん」

「ほ、本当ですか……？」

「こんなところまでわざわざ連れてきて、嘘はつかないよ」

元々嘘なんて得意なタイプじゃない。

それに、誤解で傷つけてしまうくらいなら、本当の気持ちをちゃんと伝えたい。

「でも……楽しいだけじゃなかったのも確かだよ。前までの俺だったら、きっと楽しいだけで終わらせてたんだけど」

「それって、もしかして……私がいたから、ですか？」

「……うん」

俺に起きた、人生で一番の変化。

それは朱莉ちゃんに出会えたことだ。

朱莉ちゃんと一緒に来たから、俺は今日、ただ「楽しい」だけじゃすまなくなってしまった。

「先輩……ご、ごめんなさい、私――」

「俺、朱莉ちゃんが好きだ」

「……え？」

「え？」

「えええええええええっ⁉」

「へ⁉」

　叫ぶ朱莉ちゃんと、その叫びに驚く俺。

　お互いのリアクションが嚙み合わず……微妙な沈黙が流れた。

「ご、ごめん。俺、なんか変なこと言った……？」

「い、いえっ！　変じゃないですし、なんか後からじわじわ来てるっていうか……その、好きって、言いました？」

「う、うん」

「で、ですよね⁉　聞き間違いじゃないですよね⁉　へ、ふぇへ……！」

　朱莉ちゃんはじんわり赤くなった頰を、両手で冷ますように挟んだ。

　それでもにまにまと緩む口元は抑えられなくて、可愛い。

「も、もう、先輩！　そういうことは簡単に言っちゃ駄目なんですよ⁉」

「簡単に言ってるわけじゃないよ。俺だって、その……ちゃんと照れてるし」

　実際、手汗はじんわりかいてるし、心臓だってバクバク言ってる。正確には、言った後に「うわ、言った、俺」って感じでついてきたものだけど。

「簡単にでなくても、やっぱり……う、嬉しくなっちゃいますし」

「じゃあ、もっと言った方がいいかな……」

「だ、駄目ですよっ！　そんなことしたらありがたみが……薄れないかもですけど、とにかく、私の心臓がもちません！　幸せすぎて死んじゃいます！　とにかくそういうのは、ここぞというときに取っておいてくださいっ！」

「う、うん。分かった」

死なれるのは嫌なので、俺はその言葉を深く胸に刻みつつ、頷いた。

実際、何度も言うのは俺の心臓的にもヤバそうだし、うん。

「そ、それで？　先輩が私のことを、その……えへへ……そういうのが、文化祭にどう関係するんですか？」

「……うん」

にやけが止まらない朱莉ちゃんを見つつ、俺は気持ちを落ち着けるよう深く息を吐いた。

「でもさ、また怒られるかもしれないけど……俺、自分がこんなに君のことを好きだなんて思ってなかったんだ」

「ほえ」

「文化祭を回っててさ。俺にとってはもう卒業した高校だけれど、朱莉ちゃんにとっては今も通っている高校で。ここには俺を知ってる人はもうほとんどいないけれど、朱莉ちゃんは同級生とか後輩とかから知られてて、憧れの眼差しを向けられてて」

今日歩いた道が鮮明に思い出されてくる。

校内で朱莉ちゃんと待ち合わせして、ハロウィン喫茶に行って、仮装した彼女と色々な出し物を回って、たくさんの彼女に向けられる視線と出会った。

『おい、あれってあの宮前先輩じゃね？』

『やっぱりキレイ～』

『なんかああいう格好も普段と違っていいよな』

俺は、彼らの言う「あの」も、「やっぱり」も、「普段」も知らない。

俺の知っている朱莉ちゃんは朱莉ちゃんのほんの一部でしかないって、まざまざと思い知らされた。

「彼らからは、俺から見えない朱莉ちゃんが見えてるんだって思うともどかしくて……どうして俺はこんなにも君のことを知らないんだって、悔しいんだ」

息が詰まりそうで、最後の方は必死に絞り出していた。

相手の全部を知るなんて、絶対にできない。そんなこと分かってる。

でも、そんな当たり前なんかじゃ感情は抑えられなくて……。

(『恋は盲目』……もう笑えないな)

何度も昴の惚気話に付き合わされ、オーバーな奴だなって思って呆れていた俺が、まさか自分も同じようになるなんて。いや、昴には話せないけどさ。

「ぁう……」

そして、そんな話を直接ぶつけられてしまった朱莉ちゃんが一番大変だろう。

どうリアクションすべきなのか分からず、ただ黙って手元にじっと視線を落としていた。

「あ……ええと、だから、何が言いたいのかって言うと……その、もしもつまらなそうに見えたなら、ごめん。楽しかったのは本当に、本当だよ」

ちゃんと伝わっただろうか。今度こそ、誤解なく。

気持ちを伝えるのって本当に難しい。

言わなきゃ分からないことはたくさんあるし、言っても「口先だけ」って思われてしまったら受け取ってもらえない。

逆に、言わなくても伝わること、伝わってしまうこともある。

俺はまだ全然下手くそで、誤解もさせてしまうけれど……だからって怖がって、伝えようとすることから逃げちゃいけない。

朱莉ちゃんからはまた怒られてしまうかもしれないけれど、好きって気持ちも、何度だって……。

「ちょ、ちょっと……」

　ずっと黙っていた朱莉ちゃんは息切れしたみたいに、必死に言葉を震わせていた。

「と、突然すぎて、受け止めきれないというか……その……」

　顔を真っ赤にし、落ち着きなく視線を彷徨わせる朱莉ちゃん。

「だ、大丈夫？」

「うぅ……深呼吸させてくださいっ！」

　朱莉ちゃんはそう叫び、すー、はー、すー、はー、とたっぷり時間を掛けて深呼吸する。

　そして――

「……先輩はズルいです」

「え」

　頬を冷ますように両手を当てつつ、横目でじとーっと拗ねるように睨んできた。

「だって、そんなの私だって同じですもん……」

「朱莉ちゃんも？　どうして――」

「そんなの当たり前じゃないですかっ！　先輩のこと、大好きだからですっ!!」

　ガツンと、思い切り体重の乗ったカウンターを喰らった。

　それはあまりに突然で、一瞬理解が遅れて……後からじんわりと熱が上がってくる。

「大好き」……その言葉が、何度も何度も頭の中で反響して……ああ、朱莉ちゃんが駄目って言った意味が分かった気がする。

「そもそもです。先輩が私のことを好きになってくれる前から、私はずっと先輩が好きだったんですから。好きの年季が違うんですっ！」

腕を組みつつ、自信満々なドヤ顔を浮かべる朱莉ちゃん。

なんというか、言葉を挟めないような凄みがある……！

「私はずっと先輩を眺めるだけで、でも、先輩には私よりも沢山仲の良い人がいる。それはお兄ちゃんだったり、結愛さんだったり、りっちゃんだったり……それに、さっき文化祭で会った陸上部の人とか、運動部の顔見知りさんとか、先輩が誰かと楽しげに話しているのを見るだけで、先輩を遠くに感じて……」

「朱莉ちゃん……」

「でも、思うんです。知らない先輩がいるってことは、それだけ、これから先輩を知れるんだって！」

朱莉ちゃんは、ぱあっと笑みを浮かべる。

その笑顔はあまりに綺麗すぎて——

「今日だって、私がちょっともやっとしてたら先輩、気を遣ってくれたじゃないですか。それに、私が他の人と話してたら嫉妬してくれる可愛いところも知れましたし……それだけで、もう私にとっては最高の一日だったって言えちゃうんですよ？」

「最高の……？」

「はい、最高の一日です！」

手に温かなものが触れる……見なくても、それが朱莉ちゃんの手だって分かった。

そして彼女は俺の手を優しく握ってくれて、俺も無意識に握り返す。

それだけで心が満たされて、つい緩んでしまう。

「なんか、今でもたまに信じられなくなるよ」

「何がですか？」

「どうして朱莉ちゃんみたいにいい子が、俺のことなんか好きになってくれたのかなって」

緩んで出てきたのは、普段だったら喉元でつっかえて絶対に出てこない本音だった。

正直、ずっと疑問ではあった。

どれくらい好きかという話は花火大会の帰りにしたけれど、理由は知らなかったから。

でも、朱莉ちゃんが俺のことを好きって言ってくれる気持ちに嘘は感じないし、別に気にしなくてもいいと思っていた。

俺自身、朱莉ちゃんのことは一緒に暮らす中で気が付いたら好きになっていて、これっていうきっかけがあったわけじゃない。

だから理由を求めなくても——

「……気になりますか？」

「あ……」

上目遣いに聞き返され、俺は一瞬言葉を失う。

けれど頭の中にはハッキリと「知りたい」って言葉が浮かんでいて――考えるより先に頷いていた。

そんな俺を見て、朱莉ちゃんは微笑む。嬉しそうに、照れくさそうに。

「私が先輩を好きになった理由なんて、私にとっては結構今更というか……たくさんありすぎて困っちゃうくらいなんですが」

朱莉ちゃんは静かに目を閉じ、考えを巡らす。

いったいどんな言葉が出てくるのか……なんかすごく緊張する。

「そうですね……結局のところ、一目惚れ、なのかも」

彼女は遠い昔を懐かしむような目をして、呟いた。

「あっ、もちろんお顔が全てって言ってるわけじゃないですよ⁉ そりゃあ先輩のお顔はタイプど真ん中というか、むしろタイプが合わせに行ったっていうか……そんな感じのアレですけど」

「あ、えと、うん」

どういうリアクションをしたらいいんだろう。いや、嬉しいけど、なんか、とにかく照れる。

「私が一目惚れしたのは、先輩の心なんです」

「心……」

「寂しくて、心細くて、消えてしまいたいって思っていた私に、先輩は優しく手を差し伸べてくれました。お互いの名前も、顔さえも知らなかった、初めましてのその瞬間に」

初めましての瞬間……？

俺が朱莉ちゃんと出会ったのは、昴の家に遊びに行ったときで、会話もそれほどしなかったはず……いや、違う……？

なぜだろう。それよりも前に彼女に会っているような気がする。

中学、いや小学校とかそれくらい……？

「やっぱり覚えてないんですね」

「うっ！　ご、ごめん……」

完全に見透かされてしまった。

拗ねるように半目を向けてくる朱莉ちゃんに、俺はただ頭を下げるしかない。

「も、もしも差し支えなければ、教えていただけると——」

「ダメです」

あっさり断られた！

「そりゃあ、なんで覚えてないんだって気持ちもありますけど。でも、私が覚えているから、それでいいんですっ」

秘密自体を楽しむみたいに、朱莉ちゃんはただただ笑う。

「先輩にとってあれは、相手が私だったからじゃない……きっと誰が相手でもやった、特別でもなんでもない当然のことだったんです。だからこそ、先輩が素敵な人だって、好きになれて本当に良かったって、あの日の私だって胸を張ってますよ」

正直、やっぱり気にならないと言えば嘘になる。

朱莉ちゃんに見えているものが俺には見えていなくて、むしろ謎が余計に深まった感じさえあるし。

でも、不思議な納得感もあった。

彼女は今も、俺が忘れてしまったくらい昔からも、俺を見ていてくれたんだ。

そう思えば、不安に感じることなんか何もない。

(やっぱり……ここに来て良かった)

この場所に朱莉ちゃんを連れてきたのは、本当にただのわがままだった。

文化祭の喧噪から抜けて、朱莉ちゃんと二人きりの時間を過ごしたい……彼女を独り占めしたいっていう、ただそれだけで。

——もしも、俺が彼女をここに連れてきた理由を知ったら呆れられるだろうか。

ここまで歩いてくる道中は不安だった。

けれど、今ならそんな不安も杞憂だったたって思える。

最初こそ困惑させてしまったかもしれないけれど……でも、お互いの気持ちを伝え合った今なら、言葉以上に気持ちが通じ合っている気がする。

（その分、また別れがつらくなるんだろうなぁ……）

きっと八月の終わり以上に、今日、間もなく来る長い別れに胸の痛みを覚えるんだろう。

俺だけでなく、朱莉ちゃんも。

「ねぇ、先輩」

「ん……？」

「もちろん、ずっと、ずっと気持ち切らしたことなかったですけど……改めて宣言させてもらってもいいですか？」

「あ……うん。もちろん」

朱莉ちゃんはぎゅっと俺の手を握る力を強め、さらにもう片方の手も重ねる。

「私、絶対に政央学院に合格しますっ！」

力強く、確かな意志を込めて朱莉ちゃんは宣言した。

「今日、一緒に学校の中を歩いて思ったんです。やっぱり、一緒のキャンパスに通いたいって。一分一秒でも早く、一分一秒でも長く！」

「うん」

「あと、明日からもたくさん連絡しますから！　ラインも、電話も!!　一日何回だってっ!!」

ついでとばかりに勢いをつけて畳みかけてくる朱莉ちゃん。

「私、遠距離で仲を深めるっていうのも素敵だと思いますし……後で後悔しないように、入学までの間にたっぷり堪能しないと！」

「うん」

そんなこととして勉強は大丈夫なの、なんて……そんなのわざわざ聞く必要ないよな。

彼女の気持ちはしっかり伝わってくる。

俺はただ頷くだけで十分だ。


気が付けば、辺りはすっかり夕焼けに包まれていた。

文化祭ももう終演ムードだろうか。

けれど、俺達はどちらも「戻ろう」とは言わず……むしろただ黙って、日が暮れていくのを待っていた。

どうか、ほんの少しでも長く、この時間が続きますようにと祈りながら。

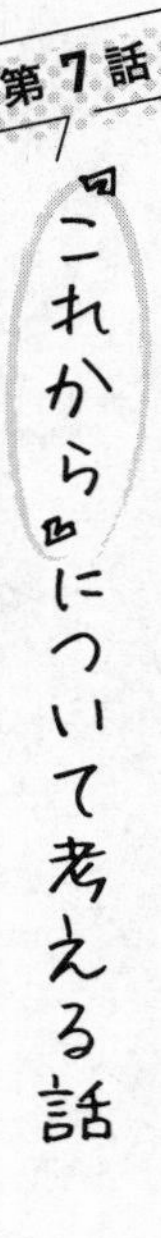

そうして、いよいよ本当に夏が終わり、大学の後期日程が始まると同時に俺は一人暮らしの下宿先へと帰ってきた。

まぁ、ただの帰省だ。劇的な別れでもなんでもなく、両親とも「それじゃあ大学頑張って」「健康には気をつけろよ」くらいのお言葉をいただく程度のあっさりとした別れだったのだが、唯一揉めたのは――

「わっ、着替えにこんな抜け毛が……あいつ、やっぱり侵入しようとしてたな」

家に着いてバッグを開けると、所々に黒い毛が残っていた。

おそらくこっそり侵入を試みて、けれど諦めた……そんな感じだろう。

そう、揉めたというのはノワールのことだ。

俺が帰ってしまうのを察した彼女は、最後の方はもうベッタリ俺の傍を離れなくて、言葉が通じずとも「帰るな」と強く訴えてきていた。

それでもそういうわけにもいかず、帰り支度をしていると、今度は腕の中にすっぽりと収まってきて……たぶん「連れてけ」って意図だったと思うんだけど。

（まぁ、当然連れてこれるわけもなく……）

　こうして抵抗の跡を残しつつも、泣く泣く諦めてもらうしかなかった。

「ノワールともまた暮らせたらいいんだけどな……そのためには俺ももっとしっかりしなくちゃだめだ」

　実は、ノワールの懐（なつ）きっぷりを見て、両親も、俺と一緒に暮らさせるのもいいんじゃないかって言ってくれたんだ。

　もちろん、すぐには無理だ。金魚を飼うのは許可してもらえたけれど、このアパートでは犬や猫といったペットを飼うのは禁止だし、何よりノワールを世話してやれるほどの余裕はまだない。

　でも、いつかは……そうだな。それを目標にして日々の計画を立てていくのもいいかもしれない。

　――ピンポーン。

「ん……？」

　そんなことを考え、ぼーっとしていると、部屋のチャイムが鳴った。

　一瞬誰かと思ったが、そういえば約束していたことを思い出し、すぐさま入口に向かう。

「よっす〜、もとむん」

「結愛(ゆあ)さん」

やってきたのは結愛さんだった。

外行きというには全体的にラフな服装。

まぁ、親戚に会うには丁度(ちょうど)良い気安さか。

「ちょっと遅くなっちゃった。駐車場探すの大変でさー」

「あー、わざわざごめん」

「別に良いわよ。歩いて持ってくるのも大変だしね。はい、確かに返すわよ」

結愛さんはそう言って、小さな水槽を差し出してくる。

水槽の中では二匹の金魚——キンちゃんとギョッくんが悠々と泳いでいた。

「結局半月以上も預けちゃって……本当に助かったよ、結愛さん」

「貸し五つだからね」

「増えてない⁉」

「利子よ、利子」

「ヤミ金ばりに増えてる……‼」

一番怖いのは、冗談なようで結愛さんは全く完璧に本気なこと。

五つと言ったらきっちり五つ要求してくるし、お願いもそこそこハードなものを要求してくる、はず。

過去の経験的にそうだし、もしかしたら今回は冗談の可能性も微粒子レベルで存在するけれど――

「んふふ、な～にやらそっかなぁ～♪」

ニヤニヤと、実に楽しげに何かを企む結愛さんを見ていると、「ああ、今回も冗談じゃないんだな」と溜息が出そうになった。

「ふぅ、にしてもちょっと疲れちゃった。お邪魔しまーす」

「ったく、遠慮ないなぁ」

「なによう。あんたの予定に合わせて頑張って働いたお姉ちゃんを労る気持ちはないわけ？　ほら、お茶くらい出しなさいな」

「それって貸し何個分？」

「当然、ゼ・ロ♪　綺麗なお姉さんをもてなすのは従弟の義務よん」

「嫌な義務だなぁ……」

そう言いつつ、さっそく部屋に上がってだらだらごろごろし始めた結愛さんに、麦茶を一杯差し出す。

無理言って金魚を預かってもらい、今日届けてもらったのは事実だし、感謝してる。

もちろん、大人しく健気に従う姿を見せれば、貸しの部分も情状酌量が狙えるんじゃないか、なんてそんなみみっちいことは考えちゃいませんよ。ええ。まったく。これっぽっちも。

「にしても相変わらず物の少ない部屋ねぇ。そう考えると金魚はいいアクセントになりそうだけど」

「結愛さんほど多趣味じゃないからね。それに……」

朱莉ちゃんがいなくなって彼女の物がなくなった影響もある……けれど、それはわざわざ口に出さなくてもいいか。

「そういえばさ、結愛さん」

「んー？」

「一人暮らしで猫飼おうって思ったら、やっぱり大変かな」

「猫？　なにあんた。猫飼おうと思ってんの？　若者っぽいわねぇ」

「若者っぽいとかある？」

「SNS映えとか、そういう感じで猫飼ってる人多くない？」

「そりゃSNS見てるからでしょ……って、分かりやすく脱線させようとしないでくれよ」

結愛さん、完全にだらだらモードだ。

なんか伸びとかしてるし、ストレッチっぽく体捻り始めたし。

「ていうか猫って、もしかしてノワールのこと？」

「まあ、そう」

「帰省で会って、離れるのが寂しくなったとかぁ？」

「まあ……」

それはノワールの方だけれど、実際俺も寂しさを覚えているのだから、わざわざ訂正する必要はないか。

「金魚飼って次は猫って節操ないわねこのクズ従弟野郎はって思ったけど、ノワールなら納得だわ。可愛いもんね、あの子」

「さりげなく毒吐くなぁ」

「それにお利口さんだし、金魚がいても手出さなそう。嫉妬はするかもだけど。まぁ、飼ってもいいんじゃない？」

結愛さんはテキトーな感じであっさり言う。

脱力しているせいで、まったく背中を押されている感じはしない。

「それに、来年からは二人になるんでしょ？」

「ぶっ⁉」

「何よその反応。朱莉ちゃんと二人暮らしするんじゃないの？　付き合ってるんでしょ、あんた達」

「つ、付き合ったからって一緒に住むとは……まだ……」

「付き合う前から同棲してたくせに何言ってんのよ」

それはもう、おっしゃる通りなんだけど、けれど具体的な話は一切進んでいないというのが現状だ。

朱莉ちゃんが合格する前にはノイズにしかならない話題というのもあるし。

「一人じゃノワールと金魚、両方の世話なんてしんどいんじゃない？　今のあんたには大学もバイトもあるわけだし、家にほとんどいないじゃない」

「それは、うん……」

「でも二人になれば、大学の方はスケジュール調整すればいいし、バイトも二人に増えて楽勝楽勝！」

「バイトもって……朱莉ちゃんも『結び』で働かせるつもりかよ」

「当然っ♪」

喫茶店『結び』は俺のバイト先であり、結愛さんの実家。

個人経営のあの店に、バイト二人（＋結愛さん）は過剰な気もする。最悪マスター――伯父さん一人でも回せるみたいだし。

「求と朱莉ちゃんじゃ役割が違うもの。あんたは力仕事と爽やか担当。朱莉ちゃんはあたしと一緒にダブル看板娘～って感じで！」

「……年の差が」

「あ？」

「な、なんでもないです！」

鬼だ、鬼がいた！

いやぁ、まぁ……でも、確かに二人が並んで店頭に立てば、そりゃあとんでもない集客効果がありそうだ。

でも、それでいいのか、経営方針的には。

「それにさ、人手が増えれば、気軽に旅行にも行きやすくなるでしょ？」

「またどこか行くの？」

「別に決めてないけど、どっかしらは行きたいわね」

一人旅は結愛さんの趣味らしい趣味だもんな。

ふらっとどこかに行って、何かを得て帰ってきて……そういう自由で大人っぽい感じ、子どもの頃は眩しく見えたな。

そんな風に懐かしんでいたら、結愛さんは見透かしたみたいに、嫋やかな笑みを浮かべた。

「旅はいいわよ。あんたも行けばいいじゃない。それこそ、朱莉ちゃんととか」

「朱莉ちゃんと、旅行……」

ちゃんと話すようになったのがこの夏からとはいえ、前半はこっちの家で、後半は実家で……どうにもずっと家で会っている感じしかしないのは確かだ。

海には行ったけれど、あれはみんなでだったし。

「ちなみに旅行するなら免許あったほうがいいわよ～」

「免許……そうだよなぁ。なんか金ばっかりかかるな」

「そりゃあ何するにだってお金は必要よ。だーじょぶ、だーじょぶ！　その分うちでいっぱい働けばいいから！」

「……がんばります」

その内、大学とアルバイト、どっちのために一人暮らししてるのか分からなくなりそうだ。

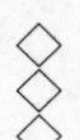

そんなこんなで大学が始まり、さっそく顔を突き合わせた昴と、とりあえず「九月なにしてた？」的な話をすることに。

「はぁ⁉　文化祭行ったのかよ！　いーなー！　誘えよ～！」

「お前、帰省してなかっただろ」

もしも、昴が地元にいても、朱莉ちゃんとのデートだったので誘わなかっただろうけど。

「そりゃあさ、朱莉は一応受験生なわけじゃん？　俺が変に帰っても邪魔にしかならないと思ったわけよ」

う……！　結局、八月九月とずっと一緒にいた俺には耳が痛い。

「まぁ、遠いから面倒だったってのもあるけど！」

「…………」

こっちの理由は実に昴らしくて安心する。

「お前はずっとその感じでいてくれ……」

「え？　なに？」

「いや、なんでも」

うっかり出してしまった呟き(つぶや)は、運良く聞き取られずに済んだ。

ていうか普段の昴と、兄の昴のギャップが大きすぎるんだよ。二重人格を疑うレベルだ。

「いやぁ、高校の文化祭に行くって考えは完璧になかったわ。そうだよな、九月末ならギリ行けるもんなー」

「本当に本当のギリギリだったけどな。昨日一昨日だぞ」

「まー……こっちに帰ってきたくはなくなるな！」

実際まだ疲れが残っている気がする。結構歩いたもんな。

もちろん行ったことに後悔は全くないけれど。

「で、昴は何してたんだ？」

「俺はもちろん……コレよ」

昴はドヤ顔しつつ、両拳を握りしめて交互に上下に振る。

「……太鼓の練習？」

「ちげーよ⁉　運転！　ちょいちょいレンタカーを借りて運転の練習してたんだよ」

「へぇ、練習なんてなんか意外だな」

「はっはっはっ！　努力を知らない男、宮前昴たぁ俺のことだからな！」

天才みたいに言うな。

「でもさ、練習っつったってそんな泥臭いもんじゃなくて、これがよ、ただ普通に走ってるだけで結構楽しいんだよな」

「へぇ」

「別に公道でレースしたいとかじゃないんだぜ？　突然人が飛び出してくるかもって思うと怖いしさ。でも、車を使えばさ、今までよりずっと自由に、簡単に色んなところに行けるんだぜ！」

まるで新しいオモチャを買った子どものように目をキラキラ輝かせる昴。

楽しいって感情がはっきり伝わってきて、こっちも不思議と胸が躍る気分になる。

「最近は中古車サイト見たり、動画観たりで、すっかり時間取られてよぉ。あー、自分の車欲しいぜ！」

「なんか大人っぽい悩みだな」

なんとなく車関係の話って大人って感じがする。

しかし、結愛さんとの話でも上がったけれど、免許……免許かぁ。

「おい求。もしや今、『俺も免許取ろうかな～』って考えてないか？」

「そりゃあまあ……」

「お前……駄目だぞ、そんなの！」

「ええっ⁉」

てっきり、賛同される流れだと思ったんだけど。

「ていうかお前、この間は免許取れって勧めてきたよな⁉」

あれは夏にみんなで海に行ったときのことだ。

昴の運転する車の中でそんな話をしたはず。

「その時はその時。今は今だ」

「そんな『よそはよそ。うちはうち』みたいな……」

「だってお前、あの時はまだ朱莉と付き合ってなかっただろ？」

「……？　いや、それにどんな関係があるんだよ」

「大ありだぜ！　いいか、恋愛初心者なお前に先輩である俺がありがたーい忠言をくれてやる！」

昴はそう大げさに言うと、自信満々に人差し指を立てた。

ちょっと朱莉ちゃんと仕草が似ているのがムカつく。

「良い彼氏ってのは、プレゼントで決まるっ！」

「…………」

「なんだ、その微妙そうな顔は」

「いや、なんか安っぽいネットニュースのタイトルっぽくて……丸パクリした？」

「してねーよ！　完全にメイドイン俺！　まぁ聞けって」

こほん、とわざわざ咳払い（せきばら）いし、昴は仕切り直す。

「やっぱりさ、プレゼントって大事だと思うわけよ。せっかくの気持ちを形にできるチャンスじゃん？」

「うん、そうだな」

「そんで、話は戻るが免許を取るのって結構金が掛かるわけ。ざっくりうん十万」

「うん……」

「だから、そんな金払って、いざ『朱莉へのプレゼントを買う金がない！』なんてことになったらどうすんだよって話だ！」

どうやらこれが『それにどんな関係があるんだよ』に対する回答らしい。

若干下世話な気もするけれど……。

（でも、確かにそうだよな）

昴の言っていることは多少なりとも核心を突いている気がする。

俺自身、もしも恋人にプレゼントを贈るチャンスがくれば、ちゃんとしたものを贈りたい。

必ず高価な物じゃないといけない、とまでは思わないけれど、いざ贈りたい物が見つかったときに金がないから妥協するのは嫌だ。

「ふっふっふっ、痛いところを突かれたって顔してるな？」

「そこまでじゃないけど、目から鱗ではあったな」

「だろだろ？　恋愛マスターって崇め称えてもいいぜ！」

得意げにドヤ顔を浮かべ、調子に乗ったことを言う昴。うっかり褒めるとすぐこれだ。

「ちなみに、プレゼントイベントで絶対に外せないのが、クリスマスと誕生日だな」

「誕生日……」

「後は、バレンタインにホワイトデー。付き合って一週間記念。デート記念、うんちゃらかんちゃらあれこれ理由をつけてだ！」

「誕生日……？」

「……おい、お前まさか、朱莉の誕生日知らねぇんじゃないだろうな」

「あ、いや……えと……」

思えば、そういう話はしたことがない気がする。

いや、一緒に成人したらお祝いでお酒飲もうみたいな話はしたけれど、何日かは……？

「てめぇ……それは話が違ってくるぞ⁉」

「いや、なんていうか、俺もビックリしてる……」

なんで一度も聞かなかったんだろう。いや、聞いたのか？　聞いてて忘れてるとしたらもっと最悪だ。

（いや、分からない。どっちだ？　聞いた、聞いてない……？　だ、駄目だ！　もしも聞いてて忘れてたり、うっかり聞き流してたりだったらって思うと、今更朱莉ちゃんに聞くなんて！）

そんなの絶対悲しませてしまう。けれど、分からないままでいるのもありえない。

「ど、どうしよう……⁉」

「うわっ⁉　お前すっげぇ汗だぞ⁉」

　さっきまで俺に責めるような視線を向けていた昴まで思わず心配してしまうほど、俺は動揺を露わにしてしまっていたみたいだ。

　いや、でも、実際どうすれば……⁉

「ったく、しゃあねぇな。そんくらい俺が教えてやるよ」

「えっ、本当に⁉　……い、いや、でも、勝手に教えてもらうのはどうなんだろう……」

「どうでもないだろ。知らない仲でもないんだし、誕生日くらい」

「でも、四桁の暗証番号にしてたりとか」

「それはそんな分かりやすい番号にしているそいつが悪いだろ⁉」

　珍しくまっとうにツッコミをくらってしまった。

　そ、そうだよな。俺と朱莉ちゃんは知らない仲じゃないんだし、俺も普通なら知って当たり前だからこそこんなに動揺してしまっているわけで。

「それにさ、朱莉にはお前の誕生日、もう教えてっから」

「えっ、そうなの⁉」

「うん。だからイーブンってことでいいんじゃね？」

　そ、そっか。そういうことなら、うん……。

「ほら、今ラインで送った。絶対忘れないようちゃんとカレンダーに入れとけよ？」

「あ、ありがとう。昴って良い奴だな」

「親友の良さをこんなことで再認識しないで欲しいぜ……」

俺は深く感謝しつつ、言われたとおりカレンダーアプリに朱莉ちゃんの誕生日を登録する。

あれ、でもこの日って――

「いいか。これは恋愛の先輩としても、朱莉の兄貴としても忠告だ。ぜったい、ぜったい喜ばせてやれよな⁉」

「も、もちろん……頑張ります」

昴の言葉に、俺は不安ながらも深く頷く。

やっぱりバイトは増やした方が良さそうだ。

結愛さんとの話でもそうだったけれど、何するにもやっぱり先立つものは必要だし。

(でも、伯父さん達の負担を増やせないよな。無駄にシフト入りすぎて経営難になるなんて洒落にならないし)

この間、結愛さんはいっぱいシフト入れって言ってたけど、あの人も大概適当なところあるからな。

となると、無理のない範囲でシフトを増やしてもらいつつ、新しいバイトとの掛け持ちも視野に入れるのが無難か。

当然大学の単位も落とさないようにしなきゃだし……ちゃんと整理したほうがいいな。

今から頭がぐるぐる回りそうだ。

「そういえば昴ってバイトは……」

「やってないっ!!」

「……だよな」

さすが、自他共に認める金持ちの家の息子。

「なんだ、バイト増やすのか？」

「分かんないけど……」

今の時点ではお金に困ってはいないけれど、それは今の時点の話。

やりたいことを片っ端(かたっぱし)からやっていったら絶対に余裕はなくなる。

それに――

「朱莉ちゃんだって受験勉強頑張ってるんだ。俺も何かしなきゃって気になるっていうかさ」

「へえ？　そりゃあいい心がけだと思うぜ？」

「じゃあ、昴も一緒にバイトしよう！」

「なんで!?」

「妹が頑張ってるんだし、お前も頑張りたいだろ？」

「断ったら人でなしみたいになりそうな誘い文句ヤメテ!?」

「長谷部さんも、お前が頑張って働いたお金でプレゼント買ってもらえたらきっと喜ぶだろうなぁ……」

「え？　そ、そうかな⁉」

よし、釣れた。

どうせ頑張るならこいつも巻き込んだ方が楽しいだろうし。

まぁ、野放しにしてると、こっちが疲れてるときに変に煽ってきそうだから、というのもあるけれど。

「へへへ、しゃーねぇな。じゃあいっちょバイト探しでもしますかぁ！」

「おおっ」

免許を取ったり、プレゼントを奮発したり。

そして、旅行に連れて行ったり、もしかしたら今住んでいる家からペット可で二人暮らしできる部屋に引っ越したり。

最初からどれかを諦める必要なんかない。

今からやれることはたくさんある。

ただ待つだけじゃなく、俺も頑張ろう。

そして、今も頑張っているであろう朱莉ちゃんを、自信を持って迎えられるように。

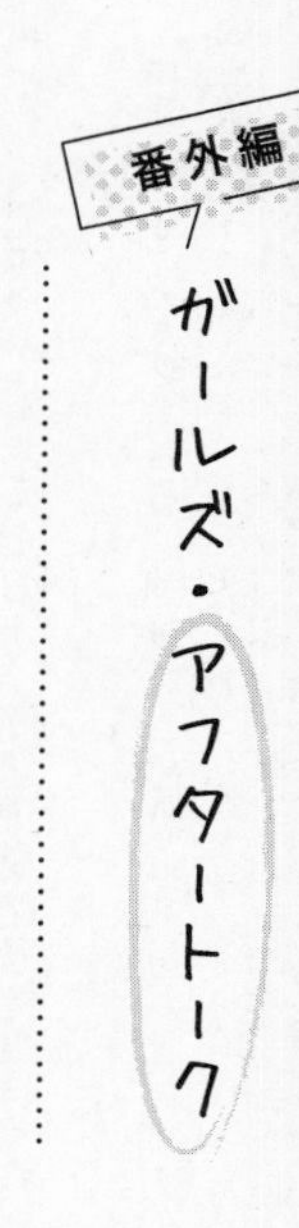

慌（あわ）ただしくも面倒（めんどう）くさい文化祭が終わり、秋の訪れと共に受験生を取り巻く受験戦争の熱もどんどんと高まってきている。

（なんとも暑苦しい……じゃなくて、頭が下がる話です）

かくいうアタシは、九月に受けた推薦入試で合格が決まり、既に四月から政央学院大学（せいおうがくいんだいがく）へ入学することが決まっていた。ぶい。

まあ、落ちるとは思っていなかったけれど、仮に落ちてたら今から必死に受験勉強をしなければいけなかったので、一安心ではある。

「よし、これも正解っと。ふーっ、なんとか満点取れた～！」

さてさて、そんなわけでアタシは三月の卒業までだらだら過（す）ごせることが確定したわけだけど、目の前の友人、宮前朱莉（みやまえあかり）は受験組なので今も放課後の教室に残って勉強中だ。

普段ならアタシはもう帰っちゃうんだけど、今日は朱莉だけしか残ってないっぽいので、せっかくだから冷やかすことにしたのだ。

とはいえ、おしゃべりするわけにもいかないので、アタシは図書室で借りたよく分からない外国産名作って呼ばれているらしい系小説を斜(なな)め読(よ)みするだけなんだけど。

「よし。休憩っ！」

「早くない？」

「早くないよっ！　ちゃんと一時間やったし、ぶっ通しでやるより、適度に休憩挟(はさ)んだ方が効率がいいんだから。えーと、ボロネーゼだかカルボナーラだかの……」

「ポモドーロね。ポモドーロ・テクニック」

「そうそう、それそれっ！」

抜けているというか、詰めが甘いというか。

ちなみに、ポモドーロ・テクニックとは、なんかどっかの偉い人が、「二十五分作業して五分休憩するのが一番効率いいんじゃね」って提唱した感じのアレらしい。

なので朱莉の、一時間勉強してちょっと休むっていうのはちょっと違う気もするけど
……ま、いっか。

しっかり集中して充実感でも覚えたのか、問題集を閉じて気持ち良さげに伸びをする朱莉。

アタシからしたらもう十分すぎる勉強量だと思うんだけれど、本人からしたら勉強している方が落ち着くらしい。

ＦＰＳとかで『死体撃ち』してる人達ってこんな感覚なのかな。知らんけど。

「ていうかりっちゃんこそ、すっごく集中してたよね」

「……アタシ？」

「うん。そんなに面白かったの、その本？」

「あー、まあ……でもまだ途中だし分かんない」

小説はあまり読まないけれど、読んでいる最中に面白い面白くないはあんまり判断できない。

なんていうか読んでる最中は……途中でぶつ切りになるとモヤる、みたいな？

後、朱莉が思いのほか集中しているので、邪魔しないようにって思ってたくらいか。

「なんか、朱莉変わったよね」

「え？」

「勉強に対する姿勢っていうの？　前はもっとぐじぐじ言ってた気がする」

「そ、そうかな……」

「無理～とか、疲れた～とか、めんどくさい～とか」

「うっ。それは、言ってない……とは、言えないけど」

「あと、前の朱莉なら絶対言ってたはずのことがあります」

「な、なに？」

「こほん……『りっちゃんは推薦で先に決まっちゃってズルいっ！』」

ちょっと朱莉の言い方に寄せてみた。

ジャッジする第三者がいないのであんま意味ないけど。

「そもそも、推薦受かったことだって、朱莉には嫌味（いやみ）っぽくなるかなと珍しく気を遣ってみたのに、なんでか自分から聞いてきたし」

「だって気になるもん。ていうか、りっちゃんが落ちるなんて思わないよ。聞いたのもただの確認っていうか」

やっぱり、特に妬（ねた）ましい感じは見せず、当たり前みたいに言う朱莉。

朱莉は純粋で、ちょっと天然で、隠し事もひょんなことで顔に出ちゃうタイプだから、きっと心からそう思ってるんだろう。

「でも、確かにりっちゃんの言う通り、前までの私ならそんな感じのこと言ってただろうなー」

「ほう、そう自覚できるということは、目に見える変化があったんですな」

「ひぇっ！」

図星だったのか、朱莉はびくっと肩を跳（は）ねさせ、顔を赤らめる。

正直聞く前から分かっていたことだ。今の朱莉に、分かりやすく変化が表れるなんて、その原因は一人しか思い浮かばない。

「ごちそうさまです」

「なにが⁉」

「正直聞くまでもないけど、どうせ求くんの影響でしょ」

「いや、まぁ……はい」

もじもじニヤけつつ、控えめに頷く朱莉。

これはアレだ。「先輩から影響受けちゃうなんて、私ったら幸せ者～♪」ってやつだ。分からん。

「その、先輩と改めて約束したんだ。絶対合格するって。だから頑張らなきゃ……ううん、頑張りたいっていうか！」

「ほうほう」

「むしろ頑張るのが楽しいって思えるくらいな感じで！」

「スゲ～ジャン」

「すごくモチベーション上がってるんです、私！」

「愛だね、愛」

「えへへ、そうかな～」

自分で言うのもアレだけど、これほど感情のこもってない虚無な相づちしてるのに、全然気にならないらしい。愛だわこれは。

「それに、文化祭一緒に歩いて、同じキャンパスを並んで歩くイメージみたいなのもできて。なんていうか具体的な目標があると人って頑張れるって言うし、たぶんそれ！」

「へー……」

「あっ、文化祭って言えばさ！」

のろけすぎてさすがに恥ずかしくなったのか、朱莉は露骨に話題を変えた。

「りっちゃん、おめでとう！」

「おめでとう？」

「え？　全部の催しの中で、売上一位だったんでしょ？」

「あー……それね」

何の話かと思ったら……ああ、苦い記憶が蘇ってくる。

「すごいよね。結局一日目はずっとお客さんが途絶えなくて、二日目はその噂を聞きつけたお客さんが押し寄せたって聞いたよっ！」

「まぁ、そね」

文化祭で三年生有志が出したハロウィン喫茶。

先生に暇だろうからと押しに押され、仕方なくアタシも参加したわけだけど、一日目があまりに盛況で、パンク寸前までお客さんが溢れ出る事態になった。

本来であればアタシのシフトは、朱莉達が遊びに来た一日目の最初の方だけだったのに、お客さんが絶え間なく来るせいで、結局休憩なしで終わりまでぶっ通しで働かされてしまったのだ。

過重労働に労基へ駆け込むかどうか真剣に悩むアタシだったけれど、地獄はまだ終わっていなかった……。

「りっちゃんって二日目も行ったんだよね？　盛り上がってた？」

「……うん。そりゃあ売上一位になるくらいだから」

なんと、朱莉の言ったとおり、アタシは二日目も参加させられることになってしまったのだ。

なぜなら一日目、パンク寸前までなりながらも他の出し物と連携して売上を最大限伸ばし、沢山の来場者を満足させられたのは、アタシの素晴らしい采配のおかげであるという話になってしまったからだ。

まあ、実際パニクる同級生達にあれこれ指示を出していたのは事実だけれど……ガムシャラに体を動かし続けるより楽だったし。

でも、それを聞いた先生方が二日目も参加するよう頭を下げてきたのは、最悪な誤算だった。

頭を下げる大人達、それを「桜井さんがいてくれたら確かに安心かも！」とか言いながら期待の眼差しで見守る他の参加者――そこまでされてしまうと、断る方がずっと面倒くさくなる。

――どうせ繁盛したのは一日目だけ。二日目なんてブームは去って、結局すぐ帰ることになるはずだ。

そんな言い訳を頭の中に並べつつ、アタシは圧力に屈してしまった。

そして二日目……アタシを待ち受けていたのは、一日目の噂を聞きつけた大量の客だった。

そんなこんなで、一日目に勝るとも劣らない大盛況を受けたまま文化祭は閉幕。

アタシは二日連続で、がっつりフルタイム勤務(無休&無給)を強いられ、死んだ。

もはや労基に駆け込む気力さえ奪われ、泣き寝入りするのであった――完。

「はぁ……」

「めっちゃ大きな溜息!」

「思い出すだけで疲れてきた」

推薦が決まったら、大学に入るまで短期バイトでもテキトーに入ろうかって思ってたけど、その気は全く削がれてしまって、今は特に当てもなくだらだら過ごしている。たぶん、トラウマってやつだ。

「一生働きたくない……」

「よしよし」

ついぐったり項垂れるアタシの頭を、朱莉が優しく撫でる。

某猫型ロボットの如く、「やれやれ、しょうがないなぁりっちゃんは」とでも言いたげな感じだけれど――

「そもそも元を正せば、朱莉のせいだよね」

「ええっ⁉」

「だって朱莉が魔女のコスプレして宣伝したからでしょ」

「りっちゃんに言われたとおりやっただけだよぉ～‼」

まぁ、確かにその通り。

でも朱莉は必要以上に真に受けるし、からかいがいがあるというのも事実。

「朱莉はアタシのサンドバッグになっていればいいのだ」

「ひどいっ⁉」

「ほら、大人も嫌なことがあったらお酒飲んで誤魔化すっていうじゃん？　そんな感じ」

「人をアルコール代わりにしないでよっ⁉」

ぐへへ、こりゃあ中々の美酒じゃのう。

からかいがい、遊びがいがあるって意味なら、ノアといい勝負してる。

「もう、なんかゲスっぽい笑み浮かべてるし」

「ねーちゃん、一杯注いでくれへんかー」

「口調まで⁉　もうっ、お客さん、閉店ですよ～！」

案外ノリ良く、朱莉はアタシの肩を揺さぶる。

てか、力つよ、脳が揺れる～……

「そういえばさ、ふと思ったんだけど」

「わっ⁉　急に冷静に……⁉」

「朱莉ってさ、そんだけ求くんラブなのに、なんで高校で全くアプローチしなかったの？」

「ふえっ⁉　い、いいいい、いきなり何⁉」

いきなりと言えば確かにいきなりかもしれない。

でも、ずっと疑問ではあった。

「求くんが大学に上がってからわざわざ家に押しかけたわけでしょ。高校通ってた頃の方がずっと近づきやすかったのに、どうやってその欲求を抑えてたのさ」

「え、えと、欲求、ていうか……」

改めて片想いを指摘され、顔を真っ赤にしてしまう朱莉。

そう、基本この子は初心なのだ。

一緒にいて、誰かに片想いしてるなんて全然気づかなかったし。

前まではまだ成就してなかったから触れづらかったけれど、くっついたんだし聞いても大丈夫だろう。

「そもそも、いつから片想いしてたの？」

「そのぅ……小四です」

「え、長っ」

普通にびっくりしてしまった。

小四って、アタシが求くんと出会うよりも前？

はー、まぁ確かに、そんだけ片想いしてりゃ、そりゃあ重くもなるわ……。

「その時はほんの数日会っただけで、偶然みたいなもので、もしかしたら一生会えないかもって思ってたんだけどね」

一生会えない、っていうワードがもう重い。

「でも、中三の時に、たまたまお兄ちゃんが先輩と友達になって、家に連れてきてくれたの！」

興奮気味に目を輝かせる朱莉。

なんか、「これって運命」とか言い出しそう。

「私、運命だって思って！」

「…………」

本当に言うとは。

この単純さ、実に朱莉だ。

「まぁ片想いが長いのは十分分かったけどさ、だったら余計につじつまが合わなくない？　なおさらガンガンアタックしそうなもんだけど」

「それは……そのぉ……」

これには後悔もあるのか、朱莉はしゅんと肩を落とす。

「……きっかけがなくて」

「ん？」

「その、きっかけもないのに話しかけて、変な子だって思われるのが怖くて……」

「…………？」

ええと、ツッコミ待ち？

とても単身で一人暮らしする思い人のところに乗り込んでいったパワーファイターの発言とは思えないんだけど。

「い、一応努力はしたんだよ!?　お兄ちゃんのお弁当隠して、届けるフリして教室に行ったり！」

「それは努力って言えるの？」

なんか遠回りに感じるし、普通に話しかけるより変な子っぽいと思う。

でも朱莉的にはセーフらしい。……分からん。

「接点作るならさ、同じ部活に入るとかあったじゃん」

「それっ‼」

「わっ」

朱莉はバンッと勢いよく机を叩き、前のめりに頷いた。

「りっちゃんの言う通り、陸上部に入れば先輩と一緒にいられるチャンスは増えたと思うの」

「じゃあ入れば良かったのに」

「ですが……それには大きな落とし穴があったのです……」

まるで怪談みたいな勿体ぶった話し方。

やっぱり求くんの話になると、目に見えてテンション高くなるなぁ。

「実は私、走るのは苦手で……」

「知ってる」

文武両道を地で行く朱莉だけれど、体力がないというのは有名な話。

特に陸上だと極端に駄目で、短距離でも全力で走れば顔色を悪くし、長距離ともなれば目も当てられない。

本人に苦手意識があるのが余計にそうさせるんだろうけど。

「別にオーディションがあるわけじゃないんだし、陸上苦手でも陸上部入れるでしょ」

「でも、陸上部だよ⁉　運動部っていえば完全な実力社会！　そんな世界でおそらくトップに君臨している先輩に対し、私は地を這うなめくじ同然‼　同じ部活で接点が増えるどころか、完全に乗り越えられない壁ができちゃうよ⁉」

「さすがにそこまで厳しくないんじゃないの。うちの陸上部緩いみたいだし」

……いや、でも相手はあの求くんか。

集中すると自分の世界に入っちゃって、中学時代はまあまあストイックだった。

特に後輩相手になると、積極性は皆無。目に見えて困っているならともかく、理由もなく、率先して指導しに行くってタイプじゃない。

陸上は個人競技だから、頑張りたい人が頑張ればいい、的なこと言ってた気もするし。

高校で丸くなった可能性もあるけれど、朱莉の言う通り壁ができていた可能性はかなり高かっただろうな。

「でね、次は陸上部のマネージャーになろうかなって考えたの！　マネージャーだったら走るスキル関係ないし！」

「あー、うちの陸上部、マネージャー募集してないもんね」

「そうなのですっ！」

小耳に挟んだ程度の噂話だけれど、かつて陸上部のあまりのやる気のなさに、逆に内申点を稼ぎたいマネージャー志望が殺到し、そのせいで陸上部はマネージャー禁止が慣例になったとか。

真偽(しんぎ)のほどはさだかじゃないけど、何回か練習風景をチラ見した限りじゃ、確かにマネージャーの仕事はほぼほぼなかっただろうな。

「でも、もしもマネージャー募集してても、お兄ちゃんとセットで見られるのが嫌で、やっぱりやらなかったかも」

「あー、そっか。あのお兄さんも陸上部だっけ」

「似合わないよねー。まぁ、あの人も入学早々友達になった先輩について入っただけで、あまりマジメにやってなかったみたいだけど」

「ふむ、積極性は朱莉より上と」

「お、お兄ちゃんと取り合ってたわけじゃないですからっ！」

おっしゃる通り、結局取り合いにも参加できてなかったわけだし、完全に朱莉の負けだ。

でも、そう考えるとやっぱり朱莉って不思議だ。

陸上部に入らないなら入らないで、練習を覗(のぞ)きに行っている感じでもなかった。

求くんが目立つような行動を取るタイプじゃないっていうのもあって、積極的に会いに行かなきゃ学年を超えた接点は作れない。

となると、本当にお弁当を届ける時に顔を合わせたことだけが、高校時代の朱莉と求くんのエピソードの全てだったんだ。

そのくせ、いきなり一人暮らしの家に借金のカタとして押しかけたと……。

(行動力が凄いのか、凄くないのか、分からん)

考えてみれば、兄の分の弁当を隠して、忘れ物のていで持ってくっていうのも中々やってる。本人的にはセーフらしいけど。

(ていうか、そんな接点しかなかったのにいきなり押しかけられて……求くん、どんなリアクションしたんだろ。気になる)

実質的な距離感は、友達の妹とはいえほぼほぼ他人。

そんな相手が突然押しかけてきて、居座って……さぞ面白い反応を見せてくれたに違いない。

「どうしたの、りっちゃん？　なんかニヤニヤして」

「んーん、なんでもない」

おっといけない。顔に出てしまっていたようだ。

なんであれ、朱莉の不思議な積極性のおかげで、この夏二人はくっつけたのだ。

朱莉が意外と変人だったとしても、求くんがドのつく鈍感だったとしても、その事実は変わらない。

「あっ、そろそろ休憩終わりっ！」

「そう。頑張って」

「うんっ！　ありがと、りっちゃん！」

再び前のめりに勉強に向かう朱莉を見届け、アタシも読書に戻る。

(あ、栞挟み忘れてた)

朱莉との会話にすっかり夢中で、凡ミスしてしまった。

これじゃ続きが分からない……ってこともないけど、どこまで読んだか探してたら、うっかり先の方のネタバレを踏んじゃったり——

(ま、いっか)

元々真剣に読んでたわけじゃないし、それっぽい箇所から読み直そう。

こういう雑な感じ、たぶん朱莉には無理だろうな。

几帳面で、生真面目で……いや、でも、求くんが絡めばそうじゃないかも？

もう大分理解した気になっていた友達の、知られざる一面。

なんか、捲る前のページに似てる。

今までの内容から想像できる展開が来るか、予想だにしないどんでん返しが待ち構えているか……想像するだけでも楽しいけど。

(アタシ、レビューとかで満足しないで、ちゃんと自分の目で読みたくなるタイプなんだよね)

朱莉は人付き合いの好きじゃないアタシにできた本当に珍しい友達。

そして、彼女がぶっ壊れちゃうくらい惚れ込んでいる彼氏は、偶然にも中学時代一番仲が良くて、兄がいたらこんな感じなんだろうなって思ってた人。

こんなビッグカップル、そうそう現れるものじゃない。

どっかの国民的アイドルと好感度ナンバーワン女優が付き合うなんて話より、何倍も興味をそそる。

しかも、四月からはそんな二人を間近で観察できるときた。

さぞ、楽しく、愉快で、胃もたれするくらい甘ったるい物語を見せてくれるだろう。

「りっちゃん、やっぱり楽しそう」

「集中切れてるよ、朱莉」

「き、切れてないもん‼」

ああ、早く四月にならないだろうか。

そう遠くない大学生活に想いを馳せつつ、今まさにその未来を目指して頑張る親友の姿を眺めるのだった。

あとがき

「友人に500円貸したら借金のカタに妹をよこしてきたのだけれど、俺は一体どうすればいいんだろう4」、をご購入いただき、誠にありがとうございます。

　作者のとしぞうです。


さて、本シリーズもとうとう4巻目を迎えました。

前3巻で長かった夏が終わり、物語としても大きな節目を迎えた本シリーズ。

今巻で描かれるのは秋——と、言ってしまっていいのか。まだ残暑厳しく熱気の抜けきらない9月でございます。

一般に、夏休みといえば8月のイメージではありますが、2023年時点、というかそっからちょっと（企業秘密）遡った、少なくともぼくが大学生だった頃は、夏休みは8月から9月の2ヶ月もあったんですね。正直大学入って一番驚いたことでした。驚天動地ってヤツ。

　高校生は2学期が始まっていて、大学生はまだ呑気なバカンス気分で……という魔の月、セプテンバー。

大学生と高校生の、年の差純愛ドッキドキ甘酸っぱくほろ苦い500円から始まる同棲ラブコメ（はぁと）を自称する本シリーズにおいては、見逃すことができないというのは当然の理なわけでございますね。

実を言えば、本シリーズを立ち上げたときは、3巻の結末で描いたような関係性になるというところはうっすらぼんやり予定しつつも、その先については完全に白紙でした。ラブコメは大きく分けると、「付き合うまでの話」と、「付き合ってからの話」に分かれると思っています。

前者のゴールは言わずもがなではありますが、後者のゴールはどこになるか……ぜひ、読者のみなさまも楽しみにしていただければと思います。

さて、最後に宣伝！

現在、「友人に500円貸したら借金のカタに妹をよこしてきたのだけれど、俺は一体どうすればいいんだろう」は電撃コミックレグルス様にて、金子こがね先生の手でコミカライズが展開されています。コミックスは2巻まで発売中！

ライトノベル版を既読の方でも楽しめる、可愛いが詰まった漫画となっておりますので、未読の方はぜひご覧になって頂ければと思います。

また、別作品の話ではありますが、ＫＡＤＯＫＡＷＡはファンタジア文庫様にて、本巻発売の翌月（２０２３年４月）に、『死亡退場するはずの〝設定上最強キャラ〟に転生した俺は、すべての死亡フラグを叩き折ることにした』という作品を出す運びとなりました。

手に汗握るバトルファンタジーで、相変わらず『可愛いヒロインしか書けない病』に掛かっているおかげでヒロインが可愛いので、お手にとっていただければ嬉しく思います。

詳しくはぼくのＴｗｉｔｔｅｒを見てネ。

というわけで、書きたいことも書きましたのであとがきを締めさせて頂きます。

改めまして、ここまでお読みいただきありがとうございました！

また、お会いできることを切に祈っております！！

コスプレ入れかえてみた。
セクシー魔女っ子と白猫ちゃん。
女の子沢山
描けて
うれしいです！

■ご意見、ご感想をお寄せください。…………………………………………………

ファンレターの宛て先
〒102-8177　東京都千代田区富士見2-13-3　ファミ通文庫編集部
としぞう先生　　雪子先生

FBファミ通文庫

友人に500円貸したら借金のカタに妹をよこしてきたのだけれど、俺は一体どうすればいいんだろう4

1818

2023年3月30日　初版発行

◇◇◇

著　者　としぞう
発行者　山下直久
発　行　株式会社KADOKAWA
〒102-8177 東京都千代田区富士見2-13-3
電話 0570-002-301（ナビダイヤル）
編集企画　ファミ通文庫編集部
デザイン　RevoDesign
写植・製版　株式会社スタジオ205プラス
印　刷　凸版印刷株式会社
製　本　凸版印刷株式会社

●お問い合わせ
https://www.kadokawa.co.jp/（「お問い合わせ」へお進みください）
※内容によっては、お答えできない場合があります。
※サポートは日本国内のみとさせていただきます。
※Japanese text only

ISBN978-4-04-737425-6 C0193

定価はカバーに表示してあります。

魔王のあとつぎ
吉岡剛
イラスト◆菊池政治
ファミ通文庫

ポンコツ最終兵器は恋を知りたい

著者／手島史詞
イラスト／どぅーゆー

「マスター、“恋”とはなんでしょうか？」

遺跡探索業のミコトが見つけたのは眠れる美少女サイファー。彼女はミコトのことをマスターと慕ってくる。だがミコトは《人型災害》と呼ばれるほどの不幸体質。降りかかる災いをサイファーが力業で解決していき――